"十四五"国家重点出版物出版规划项目

Baenzroix Vwnzyen Mizmingz Cukmaenh Gij Eiqsik Caezcaemh Cunghvaz Minzcuz

铸牢中华民族共同体意识经典文献系列

广西古籍文库

Gvangjsih Minzcuz Yijvwnz Yenzgiu Cunghsinh　Bien

广西民族语文研究中心　编

Vangz Cinnanz　Cawjbien

黄振南　主编

SEISWZ
MIZMINGZ
CUNGHVAZ
(SAWGUN SAWCUENGH
DOIQCIUQ)

中华
经典
诗词

⋮汉壮对照⋮

广西教育出版社 · 南宁

图书在版编目（CIP）数据

中华经典诗词:汉壮对照/广西民族语文研究中心
主编. --南宁:广西教育出版社,2023.11
ISBN 978-7-5435-9234-6

Ⅰ.①中… Ⅱ.①广… Ⅲ.①诗词-作品集-中国-
汉、壮 Ⅳ. ①I22

中国版本图书馆CIP 数据核字(2022)第 209170 号

总 策 划：吴春霞
策划编辑：陈逸飞　 熊奥奔
责任编辑：陈逸飞　 熊奥奔　 李彩红
特约编辑：韦林池　黄　明
美术编辑：杨　阳
责任校对：谢桂清　陆嬨澄
责任技编：蒋　媛

中华经典诗词（汉壮对照）
ZHONGHUA JINGDIAN SHICI (HAN-ZHUANG DUIZHAO)

出 版 人：石立民
出版发行：广西教育出版社
地　　址：广西南宁市鲤湾路 8 号　　邮政编码：530022
电　　话：0771-5865797
本社网址：http://www.gxeph.com
电子信箱：gxeph@vip.163.com
印　　刷：广西壮族自治区地质印刷厂
开　　本：787mm×1092mm　1/16
印　　张：16
字　　数：217 千字
版　　次：2023 年 11 月第 1 版
印　　次：2023 年 11 月第 1 次印刷
书　　号：ISBN 978-7-5435-9234-6
定　　价：38.00 元

如发现印装质量问题，影响阅读，请与出版社联系调换。

编 委 会

前　言

　　中华经典诗词既是中华民族悠久历史的生动文学写照，又是中华优秀传统文化中的璀璨明珠，散发着永恒的经典魅力。中华经典诗词通过精练的语言、富有画面感的意象、鲜明的节奏和朗朗上口的韵律，营造出一个个充满感情色彩的意境，具有直抵人心的力量。正所谓，诗能感人、化人、励人也。

　　习近平总书记在 2021 年中央民族工作会议上发表的重要讲话中强调，要准确把握和全面贯彻我们党关于加强和改进民族工作的重要思想，以铸牢中华民族共同体意识为主线，坚定不移走中国特色解决民族问题的正确道路，推动新时代党的民族工作高质量发展。必须构筑中华民族共有精神家园，使各民族人心归聚、精神相依，形成人心凝聚、团结奋进的强大精神纽带。《中华经典诗词（汉壮对照）》的编写和出版，不但对中华经典诗词的文化普及和壮语文科学保护工作有着极高的应用价值，而且对铸牢中华民族共同体意识，推动新时代党的民族工作高质量发展具有重要的意义。

　　汉壮翻译的过程是从汉语言文字向壮族语言文字转换的极其复杂的再创作过程。诗词作为一种古老的文学艺术形式，是文学发展史上的绚丽瑰宝。诗词的翻译不仅要求再现原作语言的真实含义，还要传达出原作在语言表达形式、节奏韵律以及意境上的美感。通观全书，《中华经典诗词（汉壮对照）》不管是诗词的选用，还是文本的翻译和解读，都基本达到了信、达、雅的翻译标准。

　　《中华经典诗词（汉壮对照）》收录了先秦至清朝的 100 首经典诗词，分别从锦绣河山、友好往来、民俗文化、忠贞爱国等方面展示了中华经典诗词中蕴含的诗韵，表达了悲欢离合中的家国情怀。本书所选用的诗词都是中华古典诗词里面极具代表性的作品。如唐代著名诗人杜牧的《江南春》，南宋爱国诗人陆游的《病起书怀》，唐代诗人张仲素的《王昭君》等。这些具有代表性的经典诗词的收录，对铸牢中华民族共同体意识具有丰富而深刻的意义。

除了我们比较熟悉的唐诗宋词，本书还收录了汉朝、魏晋南北朝以及元明清时期的经典诗词。这些经典诗词既有大一统时期所抒发的豪情壮志，也有群雄逐鹿时代所爆发的生命狂想。如东汉末年诗人曹操的四言诗《观沧海》，记录了曹操在登碣石山望海时，用饱蘸浪漫主义激情的手笔勾勒出的大海吞吐日月、包蕴万千的壮丽景象，既描绘了祖国河山的雄伟，又表达了诗人胸怀天下的进取精神。再如明朝抗倭名将、军事家戚继光的《过文登营》，近代维新派政治家、思想家谭嗣同的《狱中题壁》等，都表达了忧国忧民、奉献自我的无私情怀。

本书收录的每首诗词，均有原文和壮文翻译对照，并录制汉壮双语音频。优美文字和动听语音的双重表现，能让读者在视觉和听觉的享受中，更深刻地感受经典诗词的美和内涵，更直观地感受汉壮两种语言不同的美。我们阅读经典，能从文字、语音中汲取力量、增加底气，提升精神高度和思想境界，感悟中华文化独一无二的理念、智慧、气度、神韵。

诗词蕴含着崇高的思想、美德与气节，铸造着中华民族的文化品格和精神。本书所选用的诗词，都是编写组专家精心挑选编译的，又因本书以向大众普及为目的，务求通俗易懂，故不详述诗词版本及校勘考证内容。这些经典诗词是中华民族优秀传统文化开出的一朵朵艺术之花，是涵养社会主义核心价值观的重要载体，希望读者能通过这些经典诗词，汲取其中的仁爱、重视民本、弘扬正义等精华，认识中华文化的博大，吸收民族文化的智慧。

序

前些日子，我与朋友到南宁市郊区考察研学基地，偶遇斑峰书院，访寻书院遗迹及相关资料，乃知此地于清朝年间曾出过一榜三举人，一门三进士，不觉甚为惊讶。联想起数年前路过云南省文山壮族苗族自治州广南县革假村，该村在清朝光绪年间也出过陆毓云、陆毓贤、陆象乾一门三进士，不觉由惊讶转而深思起来。

这滇桂两地同出过一门三进士的地方，都是壮族乡村，六位进士皆为壮族人。他们的母语都是壮语，而他们参加过的院试、乡试、会试和殿试等四级科举考试，考的都是汉语，内容为儒家经义。这些讲壮语的进士，与生来就讲汉语并深受汉语文化特别是儒家文化熏陶的江南才子、川鄂俊杰、晋鲁子弟相比拼，且能脱颖而出、金榜题名，他们在学习汉语及儒家文化上下的苦功定然数倍于人。他们从小要学汉语、写汉字，除了读经，主要途径就是学习古文和古诗词。

壮语作为我国的少数民族语言之一，有其特定的语音、语义、语法，但它与汉语却同属汉藏语系。汉壮语言的交流源远流长，至少在秦朝对岭南实施有效管辖开始，汉壮语言就有交往、交流和交融了。先秦时，各诸侯国也多有自己的语言，于是出现了早期的通用语——雅言。壮族人最早学习的汉语，应该就是雅言，由此开启了汉壮文化交流最为扎实的步伐。从现今壮语中“讲话”“读书”“凳椅”等词汇，以及汉语中“岜”“崣”“糇”等字里，仍不难发现汉语、壮语两者相互借鉴的端倪。自秦汉伊始，壮族先民便一面讲着自己的民族语，一面学习汉语。童蒙课读，要学教科书中的汉字，教师先教汉字读音，然后用壮语来讲解语义，这就是双语教学。我读小学时，老师就这样教，后来我成为民办教师，也是如此这般进行教学。上面说到的那些进士，他们儿时读书，应该也是如此起步的。为了兼顾汉壮两种语言，壮族的读书人从隋唐时起，便发明了方块壮字。方块壮字，即仿效汉字的"六书"造字法，利用汉字或汉字偏旁组合成的一种新异的方块字，它一半用同音或近音的汉字、偏旁表音，另一半用同义或近义的汉字、偏旁表意。例如壮语称稻田为 naz，方块壮字就将"那"和"田"两个汉字组建为上下结构"畬"，"那"字表音，"田"字表意。这些方块壮字主要用来抄录民间宗教经书和山歌，也用来记事，现今民间仍然在使用。方块壮字的产生和应用，是汉壮文字及两种文化交流融合的具体体现。

方块壮字的创造和运用，必须由兼通壮语和汉语的读书人来承担和完成。千百年来，即使是不通汉语的壮族人，都有着对汉字、汉文化仰慕和学习的传统。40 年前我参加外公的葬礼，出殡那天凌晨，道公领众亲属绕棺行祭，要求众亲属跟他念诵一首古诗："蓼蓼者莪，匪莪伊蒿。哀哀父母，生我劬劳。……父兮生我，母兮鞠我。拊我畜我，长我育我。顾我复我，出入腹我。欲报之德，昊天罔极！……"这首在壮族山乡传诵的古诗竟然是《诗经·小雅》中的《蓼莪》。在场的人，包括领诵的道公，未必能明白诗意，但念诵此诗时却十分虔诚。我还记得幼时村里有人家行婚聘，识字的老先生在红纸上工工整整地写下纳采、问名、纳吉、纳征、请期、亲迎六张帖子，并念叨道："问名用雁，找不到大雁，就用绿头鸭子代替吧。"后来才知道，这竟出自周礼。在通行壮语的偏僻乡村，竟然保存着葬礼诵《诗经》，婚聘遵周礼的中原古老习俗。这大概就是孔夫子说的"礼失求诸野"吧。只是从中原到数千里外的"荒服"，其"礼"失之也远，存之也古矣。

壮族民众习汉语，读汉文书籍，使得壮族文化深受汉文化的浸染。通过科举考试进士及第的壮族文人，便是深谙汉文化的佼佼者。他们既精研八股文以求取功名，在诗词创作上也颇有成就。乾隆五十四年（1789 年）进士张鹏展，其《苍梧夜泊》云："浮洲百尺镇波心，越峤东西限带襟。五管涛声归海疾，九疑云气接天阴。月楼人去江风冷，冰井铭残石藓深。夜静采珠船一起，歌罗城外疍人音。"还有《留仙村杂咏六首》等作品，受人们称道。壮族进士刘定逌等也创作了不少脍炙人口的诗作。曾为斑峰书院题匾的进士钟德祥亦有《风入松》，词曰："竹宫灯火候神仙，飒飒有风先。瑶池西望如天远，问何人、能上青天？还是蓬莱方丈，传闻在海东边。故人徐福日乘船，楼阁蜃云间。大鱼衔箭无回信，到不如、鸟使能言。忽地传呼方朔，果然桃熟千年。"颇有苏辛词风。

此外，未进士及第的壮族文人也创作有诸多诗词名篇。如韦丰华的《廖江竹枝词》十七首，描写壮族歌圩盛况和男女对唱山歌的情景，历来被誉为佳作。兹列举数首如下：

相牵相挽笑眉开，小步寻芳往复回。特地勾留叉路侧，待看如玉少年来。（其四）

无因倾吐爱花情，挹颈联肩巧比声。唱到风流欢喜曲，娇娃春意一齐生。（其六）

人逢故识注青眸，不觉流连小渡头。绮语飞来心更醉，情通袅袅短长讴。（其七）

钟情人立少年中，眉语斜传一笑通。待现花容邀眷盼，娉婷半匿老娘丛。（其八）

浓香惯引得芳魂，爱我哥哥送到村。春庆未阑重订约，姣音遥递话黄昏。（其十一）

白首农夫尽在田，经眸也共爱花鲜。幡然人老春心在，故引儿童话少年。（其十三）

儿童本未解风流，此日春情也并优。超距兴阑清唱起，草坡围坐习歌讴。（其十四）

这组竹枝词，所写的都是地道的壮族生活，却有刘禹锡诗词的清新语言和山野意趣。壮族诗人也有气韵沉雄的作品，比如跟随刘永福参加抗法战争的黄焕中，他的《秋兴八首用杜工部原韵·其六》写道："空言徒议总无功，权利纷纷醉梦中。遍地有人悲夜月，长天作客怅秋风。未谙国事心难白，话到瓜分泪亦红。寰海哀鸿沦浩劫，中华愧煞主人翁。"其题旨之深刻、艺术之高妙，确为上乘之作。

一般识文断字的壮族人大都有吟诗作对的雅好。我年轻时在乡村常听到他们吟哦古诗词，西南官话古音夹着若干粤语音调，吟哦起来抑扬顿挫，韵味十足。与我后来聆听北京大学中文系老先生的吟诵比较起来，既俗而雅，别有情调。不识汉字的壮族民众自然不会吟诗，他们想要念唱带韵的壮语，那就是山歌了。不管识不识汉字，唱山歌是壮族民众都喜好并一往情深的。

为了让壮族民众能够进一步正确理解汉语的含义，从而规范使用汉语，20 世纪中叶，国家制定并推行了新壮文。新壮文是记音文字，已经推行了六十多年，取得了巨大成就。党和国家的重要会议内容及重要文献基本上都有了壮文翻译。同时，壮文翻译工作者也在不断尝试对汉语文学作品进行壮文翻译。其中，难度最大而又意义重大的，就是对汉语古诗词和古文的壮文翻译。

壮译古诗词的工作数十年来有不少成绩。单篇译文的发表和一些读本的出版，凝聚着壮文工作者的劳动和心血。但总的来说，这项工作仍然是方兴未艾。对于数千年来始终热爱并认真学习汉字和汉文化的壮族人民而言，壮译古诗词仍然是光荣而艰巨的任务。

正因如此，广西民族语文研究中心组织黄振南教授主编了这部《中华经典诗词（汉壮对照）》。这部诗词选集，首先体现出鲜明的编译思想和内容范围。它以"中华"冠名，而不是我们通常见到的历代诗词经典或者中国古代诗词经典，说明编者别有深意。它以中华民族共同体意识作为总纲，从中华民族多元一体的文化大格局出发，来编选经典的作家作品，并在这样的指导思想统领和格局框架下，按内容分类，将全书编为"瑰丽奇伟大中华""友好往来齐开发""各族文化相辉映""拳拳爱国传佳话""悦穆相处多融洽"五个专辑。各专辑中，收录各民族作家用汉语创作的经典作品，这些特色与以往同类的选本是有所不同的。其次，这部诗词选集是汉壮对照翻译，而翻译是一种文化解译和重新创作，具有相当的难度。阅读这部汉壮对照经典诗词文本时，壮族读者可借助本民族文字，走进汉语经典，正确理解并深入领会汉语诗词作品，从而学习和接受其思想内容，融入其文学境界，品味其情趣，领悟其真谛，感受其魅力，这对于提升壮族读者的汉语水平、文学素养和审美层次，无疑大有裨益。同时，它也为其他民族的读者提供了独特新颖的文本，足可启发读者从另一种认知的角度和多民族的文化视野来阅读、欣赏经典诗词，亦不无助益。

该书经编者辛勤劳动，今付梓在即。承蒙编者雅嘱，盛情难却，乃不揣鄙陋，联缀散语，谨作弁言，诚望读者诸君喜欢此书。

黄凤显

2022 年 4 月 25 日于南宁

（黄凤显，壮族，北京大学文学博士，中央民族大学原副校长兼附中校长，教授，博士生导师，中国屈原学会、中国少数民族作家学会、中国民族古文字研究会、中国少数民族文学学会原副会长，北京广西文化艺术促进会会长。）

目　录

第一辑　瑰丽奇伟大中华

1

2

第四辑　拳拳爱国传佳话

悠悠神州文化，源远流长。古人有姓有氏，分记血缘之源与流。后两者混淆，明末清初学者顾炎武认为："姓氏之称，自太史公（司马迁）始混而为一。"而后，人们以"族"示其群体，南北朝时有"姓族"（北方）、"氏族"（南方）之称。曾有人说《南齐书》中"民族弗革"一语是汉语"民族"之源，但有人考证此"民族"乃"氏族"之误。现代意义上的"民族"，是在 19 世纪末从日本传入中国的。1901 年，梁启超率先使用"中国民族"概念，翌年发展成为"中华民族"。现在，这一代表中国现代民族共同体的名称已深入人心。

生活在中华大地上的各族儿女，不但为祖国的悠久历史感到骄傲，而且为祖国的壮丽河山感到自豪。在祖国母亲的身躯上，江河湖海的澎湃，三山五岳的壮观，城乡景色的美丽，无不打动每个国民的心。千百年来，他们用诗词的语言描摹这些景观，给后人留下灿烂的文化遗产。

母亲挚爱儿女，儿女赞颂母亲。在王安石的笔下，黄河的磅磅气势活灵活现；在李白的眼中，长江及江汉平原美不胜收，谱写母亲河的不朽颂歌。元好问描述三门峡风光的雄奇壮美，曹操观赏大海的浩瀚无边，吴兆骞赞美长白山的雄伟壮丽，吕温看到雪域高原拉萨的妍丽风光。杜甫之于泰山，王维之于终南山，孟浩然之于庐山，丘濬之于五指山，那激情洒满多少过去的岁月。从西湖到洞庭湖，白居易和刘禹锡绝对没少仔细观察。从杭州到桂林，柳永、韩愈的诗词令今人赞叹不已。而在壮族诗人郑献甫看来，那熙恬迷人的村寨别有一番风景。

春夏秋冬，四季轮回，让我们沿着前人的足迹，到这些华丽的诗篇中去感受祖国的瑰丽奇伟。

黄河

〔宋〕王安石

派出昆仑五色流，
一支黄浊贯中州。
吹沙走浪几千里，
转侧屋闾无处求。

Dahvangzhoz

Sung　Vangz Anhsiz

Goekraemx Gunhlunz haj saek riuz,

Diuzdah hoemzhenj con biengzdeih.

Gyaux saiz bongh gvaq geij cien leix,

Dongj reih lak ranz vunz liuzlangh.

【延伸阅读】

　　发源于青藏高原巴颜喀拉山北麓约古宗列盆地的黄河，是中华民族的母亲河，她从西向东流经青海、四川、甘肃、宁夏、内蒙古、陕西、山西、河南、山东，最后流入渤海，为中国第二长河。历朝历代的文人墨客，为这条奔腾不羁的巨流写下数不胜数的赞美诗篇。在王安石的笔下，这条巨蟒般的大河，从巍峨的昆仑山脉滚滚涌出，以磅礴的气势呈现在世人眼前。她那五条颜色不同的水脉，何其壮观。带着黄土高原的禀性，河水贯穿神州大地，奔流不息。她以母亲般的宽广胸怀、无私奉献的精神，用鲜美的乳汁，灌溉着两岸万千良田。沃土之上，孕育了我们的祖先，养育着一代又一代的先民，迄今不辍，有谁能和这条巨流比功？诗人在不吝赞颂黄河的壮美之余，从另一个角度告诫人们要爱护这条母亲河，好好保护生态环境和文化遗产，以免洪水泛滥冲毁我们美好的家园。黄河是中国人民的骄傲，中国人民为黄河而自豪。昔日黄河是孕育中华文明的摇篮，今天黄河继续用甘甜的乳汁浇灌华夏沃野，为工农业的腾飞默默奉献，帮助人们用美妙梦想的实现来谱写光辉灿烂的明天。

渡荆门送别

〔唐〕李白

渡远荆门外，来从楚国游。

山随平野尽，江入大荒流。

月下飞天镜，云生结海楼。

仍怜故乡水，万里送行舟。

Gvaq Ginghmwnz Doxsoengq

Dangz　Lij Bwz

Naengh ruz Ginghmwnz gvaq, daeuj lah dieg Cujgoz.

Bingzdeih mbouj raen bo, mbwn o raemxdah cingh.

Laj ndwen doek ngaenzgingq, gwnz fwj ingj ranzlaeuz.

Raemx mbanj laeyiyaeu, soengq gou hengz fanh leix.

【延伸阅读】

　　唐玄宗开元十二年（724 年），23 岁的李白意气风发，激情四溢，从居住地绵州昌隆（今四川省江油市）开始其毕生三次远游之首。这年秋天，他满怀抱负乘舟沿长江东下，来到今湖北省宜昌市下辖宜都市江面，目睹南岸被称为"川鄂咽喉"的荆门山，折服于这里的山川美景，写下这首色彩明丽、对仗严谨的五言律诗。一开头，诗人以直白的语言道出从川蜀来到楚国故地途经之所——荆门山，接着继续白描荆门山被渐渐抛在船后，映入眼帘的是一望无边的平野的景象。山尽野阔，川蜀的山区与楚地的平野，两相对照，景象之异是何等的强烈。写到这里，诗人并没有就此罢手，陆续添笔，描述那滔滔奔腾的长江水涌入广袤荒原的壮观景象。这美景仅在白天才能欣赏到吗？错了，夜幕降临后，月光映照到江面上，好似明镜从天而射，伴随着行舟时船头切水的声响，令人睡意顿消。江天之间的高旷神奇，别的地方怎能赏鉴得到呢？有人说此诗通篇没有说到"送别"，题中的"送别"体现在何处？不，诵读诗的尾联，可以体会到作者是多么眷恋长江上游的故乡之水，是这故乡之水不远万里送他行舟啊。比起那些直白的写法，这样的送别不是更加别具一格吗？

水调歌头·赋三门津

〔金〕元好问

　　黄河九天上，人鬼瞰重关。长风怒卷高浪，飞洒日光寒。峻似吕梁千仞，壮似钱塘八月，直下洗尘寰。万象入横溃，依旧一峰闲。

　　仰危巢，双鹄过，杳难攀。人间此险何用，万古秘神奸。不用燃犀下照，未必佽飞强射，有力障狂澜。唤取骑鲸客，挝鼓过银山。

Suijdiu Gohdouz · Sij Sanhmwnzcinh

Ginh　Yenz Hauvwn

　　Vangzhoz raemx yat mbwn, fangz hit vunz lau caez.Rumz haenqrem langh geujgaeq, ndit baex raemx ronghsien. Lijliengz daemq gvaq raemxlangh, sing haenq lumj Cauzcenzdangz, bangxdat faenx swiq cengh. Seiqlengq raemx dongj doh, bya daengjsoh mboujswt.

Dat sangngau, rongzroeg honz, nanz mbin ndaej.Baez yiemj damqrox vunzbiengz, bouxgan rox bouxsienh. Gaej siengj lajraemx gingj gyaeu, mbouj yungh rag gung nyingz cienq, gag dwkcienq lajbiengz.Hekyouz daengz gemhyiemj, yiengj gyong gvaq Bya'ngaenz.

【延伸阅读】

唐朝著名诗人李白一句"黄河之水天上来"以极大的视觉冲击力令人拍手称奇，盛传不衰。元好问化用此句为此词首句，气势不减。在描写黄河之险后，着墨于其中的三门峡，同样就其险峻展开。三门峡位居晋豫峡谷中段，是该峡谷中最险要之处。三门峡之所以险峻，是因为峡口河道收缩，形成汹涌的水势，且遇河中两大巨石阻挡，水从巨石夹缝中分为三股，传说大禹用斧将柱石劈成人、神、鬼三道峡门，故名。三门峡因其险要而闻名天下，作者为此组织语词，将峡口风浪高，水湍急，浪花飞溅，使得温暖的日光变得寒气阴森的特点写得十分入神。接着，作者把三门峡的险峻和雄壮分别比作千仞高的吕梁山、八月来潮时的钱塘江，具有冲刷人间尘埃的豪迈气质，极富想象力。汹涌的河水能冲垮万物景象，却奈何不了峡中的砥柱山。在这险峻的三门峡，只有鸟在上面筑巢，天鹅从上面飞过，人是很难攀登的。当然，人去那里毫无用处，自古以来，那里不过是鬼神活动的场所而已。不用点燃犀角照耀奸邪，也不需要神射手，有能阻挡狂澜的砥柱山，就足够了。只有那在海中骑鲸的豪士，才能击鼓渡过波涛像银山那样的三门峡。词中白描与抒情并用，用典得当，把三门峡的雄奇壮观写得令人叫绝，实为名篇。

观沧海

〔东汉〕曹操

东临碣石，以观沧海。

水何澹澹，山岛竦峙。

树木丛生，百草丰茂。

秋风萧瑟，洪波涌起。

日月之行，若出其中；

星汉灿烂，若出其里。

幸甚至哉，歌以咏志。

Yawj Aenhaij

Dunghhan　Cauz Cauh

Benz hwnj Byagezsiz, ndij baihdoeng yawj haij.

Raemx gvangqlangh dahraix, dauj lai daengj sangvid.

Gofaex mwncupcup, nywj heuswd maj noengq.

Rumz ci faex nywj doengh, raemxlangh nyoengx rouxringx.

Ronghndwen caeuq daengngoenz, ngoenznaengz ok gyang haij.

Ndaundeiq venj faihlai, youq gwnz haij myigmyanz.

Caen sim'angq raixcaix, sij fwen lwnh saehfaengz.

【延伸阅读】

浩瀚蔚蓝的大海，或平静如镜，或波涛汹涌，总给人以无穷无尽的遐思。居住内陆的人渴望一睹沧海的广阔，自在情理之中。曹操从碣石山俯视大海的美丽景色，比之从平陆观赏，别有一番趣味。视角不同，能看到更加宽阔的海面，只见那海水浩浩荡荡，一望无际，高耸于海中的岛屿，星罗棋布。海边和岛上，郁郁葱葱的树木聚集，各种各样的野草生长茂盛。萧瑟的秋风乍起，波涛翻滚，煞是好看。太阳和月亮好像从海中升起降落，银河里的灿烂群星，也仿佛从大海的怀抱里涌现出来。从山上观沧海，美景尽收眼底，这是多么值得庆幸的事，就用诗歌来表达心志吧。从不同的地方、不同的视角观赏大海，便有不同的感受。作为海岸线总长度超过三万千米的国度，我们拥有广袤的领海和丰富的海洋资源，大海给我们无私的馈赠，保护大海是大家责无旁贷的事。

长白山

〔清〕吴兆骞

长白雄东北，嵯峨俯塞州。

迥临沧海曙，独峙大荒秋。

白雪横千嶂，青天泻二流。

登封如可作，应待翠华游。

Byacangzbwzsanh

Cingh　Vuz Caugenh

Cangzbwzsanh doengbaek, baekmax youq bien'gyaiq.

Ndit mbouj lumj henz haij, cwxcaih soengz diegfwz.

Cawzcou fwjhau geuj, raemxheu conh luengqbya.

Diegsien gyaeu dangqmaz, caj vuengzdaeq daeuj youz.

【延伸阅读】

在美丽的祖国东北部，横亘着一条东北—西南走向，地跨黑龙江、吉林、辽宁三省之东的著名山脉，这便是欧亚大陆东缘最高山系的长白山脉。该山还有"不咸山""单单大岭""盖马大山""太白山"等称谓，高峻挺拔，独自雄居东北群山之首。长白山俯瞰边塞，遥临沧海，在曙光映照之下，孑然耸立于秋季苍茫的荒野中。如此巍然壮丽的大山，给人以无尽的遐思。一个"雄"字，烘托出长白山的"嵯峨"，为写其傲立群山、俯视边疆埋下伏笔。长白山虽不在海边，却因其高耸而有临海之感，旭日东升之时便被霞光披身。即使是在东北荒凉的深秋，长白山亦非暮气沉沉，而是昂首挺胸，傲然独立在无垠的荒原里。转眼到了冬天，茫茫白雪罩住千山万壑，景象更加雄伟壮观。如今，长白山已被列进《中国国家自然遗产、国家自然与文化双遗产预备名录》的中国国家自然遗产预备名录，获得了国家级自然保护区、国家 5A 级旅游景区、联合国教科文组织"人与生物圈计划"自然保护区和国际 A 级自然保护区、世界避暑名山等名号，成为世人挹慕的胜地。

吐蕃别馆和周十一郎中杨七录事望白水山作

〔唐〕吕温

纯精结奇状，皎皎天一涯。

玉嶂拥清气，莲峰开白花。

半岩晦云雪，高顶澄烟霞。

朝昏对宾馆，隐映如仙家。

夙闻蕴孤尚，终欲穷幽遐。

暂因行役暇，偶得志所嘉。

明时无外户，胜境即中华。

况今舅甥国，谁道隔流沙。

Dujboh Bezgvanj Caeuq Langzcungh Couh Cib'it Loegsaeh Yangz Caet Yawj Byabwzsuijsanh Sij

Dangz　Lij Vwnh

Nae cengh giet yienghgeiz, ei byai mbwn ronghsien.

Miz heiqcingx heuxgienj, ngozbya yienj vabieg.

Gyang hwet caenh mumjgyumq, daengz gwnz ndet cix yienh.

Haet haemh yawj hekdiemq, lumj ranzsien ndojyouq.

Nyi naeuz bya doedywngh, swnh hoengq youz diegyiemj.

Saeh nyaengq din caengz diem, fwt daengz diemj ndaej langh.

Seizndei lengqlengq hwng, mwnqmwnq raeuz Cunghvaz.

Vaihseng caeuq bohnax, diegsa gek ndaej baenz.

【延伸阅读】

　　唐德宗贞元二十年（804年），吕温以侍御史身份出使吐蕃，从吐蕃国都城逻娑（今西藏自治区首府拉萨市）的旅馆里，眺望城外雪域高原的山水风光，与下属官员周十一郎中、杨七录事吟诗唱和，写下这首五言排律诗。诗中以优美的笔调，描述那皑皑白雪接连天际，半山腰因云雾的缠绕而显得黯淡模糊，山顶如玉的冰峰像盛开的荷花，像天空飘着洁净的烟霞，把旅馆映照得有如人间仙境一般。这是多么美丽神奇的地方啊！诗人笔锋一转，以山上住着高人的传说起意，称自己借出使之机得以完成拜访他的心愿，兴奋不已。

接着宕开一笔，联想到文成公主、金城公主嫁到吐蕃，使大唐与吐蕃成了亲密无间的舅甥之盟，内地与边隅也不会因浩瀚的沙漠被阻隔了。这是一首典雅朴质的山水诗，有状景，有白描，有比喻，读来有清新自然之感；这又是一首意境高远的唱和诗，有议论，有抒情，有见地，读来令人久久不能忘怀。世界屋脊的雪域高原雄伟神奇，生活在那里的藏族同胞是中华民族不可或缺的成员，各族人民的友谊如此珍贵，没有什么力量能够阻断。

望岳

〔唐〕杜甫

岱宗夫如何？齐鲁青未了。

造化钟神秀，阴阳割昏晓。

荡胸生曾云，决眦入归鸟。

会当凌绝顶，一览众山小。

Muengh Byadaisanh

Dangz　Du Fuj

Daisanh baenzlawz yiengh? Bya heu riengh bae gyae.

Diendeih comz gyaeundei, yaemyiengz cae laep rongh.

Simfaengz raen fwj bongh, ndongqda yawj roeg mbin.

Hab bin daengz dingjrouj, seiqlengq gaeuj bya daemq.

【延伸阅读】

诗圣杜甫在不同年龄段写过三首《望岳》，分别写东岳泰山、西岳华山和南岳衡山，岁月的刻痕使这些诗篇留下诗风和志向的深刻烙印。这首五言古诗，是诗人青年时期吟咏东岳泰山之作。苍郁翠绿的泰山傲立于齐鲁大地，坐落于今山东省泰安市北边，又名"岱山""岱岳"。因泰山为五岳之首，诸山所宗，又谓"岱宗"。现为世界文化与自然双重遗产、国家 5A 级旅游景区。此诗辟启于"泰山到底怎么样"之问，然后用述论结合的手法作答：近处着眼，是大自然的造化，使泰山凝聚了天地间的灵气，神奇秀美。而因泰山高峻挺拔，同一时间内山南山北竟差异巨大，判若早晚。仔细一看，那徐徐浮升的层层云气，在人的心胸中起伏激荡；睁大眼睛眺望，一群群归巢的鸟儿尽收眼底。尽管天色已经不早，泰山的美景还是看不够。面对如此高大魁伟的泰山，有雄心壮志的人一定要登上它的顶峰，俯瞰它四周那些低矮的小山。全诗不用一个"望"字，却能步步为营，丝丝入扣地紧贴"望岳"这个主题，由写景引发抒怀，构思精当，过渡自然，气势恢宏，体现出诗人高超的文字驾驭能力。通读全诗，作者对祖国大好河山的炽烈之爱跃然纸上，其朝气蓬勃、活力四射的青春激情，踔厉奋发、勇攀高峰的人生取向，也表达得淋漓尽致。

终南山

〔唐〕王维

太乙近天都，连山接海隅。

白云回望合，青霭入看无。

分野中峰变，阴晴众壑殊。

欲投人处宿，隔水问樵夫。

Byacunghnanzsanh

Dangz　Vangz Veiz

Cunghnanzsanh sang daemx singz mbwn, goengqbya baenz roix
　　rangh daengz haij.

Nyeux raen lajbya fwjbenq daih, mok maeq mongmu gyawj mbouj
　　raen.

Bya daeuz cungqgyang gek song baih, gak baih gvengq laep mbouj
　　doengzcaemh.

Ra ranz ndaw bya siengj gvaq haemh, gek rij couh cam
　　bouxdwkfwnz.

【延伸阅读】

　　唐玄宗开元、天宝年间，王维隐居秦岭山脉中段的终南山，此五言律诗当作于此时。终南山位于十三朝古都长安（今陕西省西安市）之南，又名"中南山""周南山""太乙山"等，今享国家自然保护区、世界地质公园等头衔。此诗写终南山景色，着墨不多，却极为传神。首联先描述终南山的总体状貌，"近天都"言其高，"接海隅"言其广，手法夸张。颔联写近景，"回望""入看"，表明诗人已入山间。回头看刚走过的路，原来飘散的白云已经合拢无隙；往前张望，一片青霭就在眼前，但移步进去却又不见其踪，虚实之间，犹如梦幻一般，实在是太美妙了。颈联写登山纵目见到的景象，因立足"中峰"，故可见群山"分野"之"变"，缘"众壑"绵延，故有气候"阴晴"之"殊"，对仗工整，把终南山的雄阔神奇写得惟妙惟肖。尾联收束全诗，以天色渐晚要在山里投宿作引子，道出诗人游兴尚浓，尽显留恋山景之意，言有尽而意无穷。其中一个"问"字，在描述静景之后加入声音，起到了动静结合的效果。全诗抓住终南山的景色，渲染其山峦起伏、白云缭绕的万千姿态，把祖国大好河山描写得令人向往。

彭蠡湖中望庐山

〔唐〕孟浩然

太虚生月晕，舟子知天风。

挂席候明发，渺漫平湖中。

中流见匡阜，势压九江雄。

黤黕容霁色，峥嵘当晓空。

香炉初上日，瀑布喷成虹。

久欲追尚子，况兹怀远公。

我来限于役，未暇息微躬。

淮海途将半，星霜岁欲穷。

寄言岩栖者，毕趣当来同。

Gyang Bungzlijhuz Muengh Byaluzsanh

Dangz　Mung Hauyenz

Ronghndwen gyangmbwn miz gvaengz heux, bouxruz ciuq rox yaek fat rumz.

Venj hwnj gaiq fan caj ranz rongh, ruz cuengq gyanghuz gvangqlanglang.

Naengh ruz muengh raen Byauzsanh gyae, de ceiq sang hung henz
Giujgyangh.

Goengqbya laepngau saek heuhang, bya daengj sangngau haeuj
gyangmbwn.

Daengngoenz benz hwnj Byalozyieng, ciuq raemx gienghdat baenz
duzdungz.

Naemj ciuq Sangswj haujlai ngoenz, neix youh niemhngeix Goeng
Yenjgungh.

Gou gaz baezneix ganj loh nyaengq, mbouj hoengq ndawbya yiet
saek duenh.

Loh bae Vaizhaij caengz daengz donh, ngoenz gvaq ndwen bae bi
yaek sat.

Daengq bouxdasang ndoj ndoeng bya, coglaeng doengzcaez ndoj
biengz youq.

【延伸阅读】

位于江西省九江市西南方位的庐山（又名"匡山""匡庐"），东濒彭蠡湖（今鄱阳湖），以雄、奇、险、秀闻名于世，被列入世界文化遗产名录，是国家 5A 级旅游景区，誉满天下。唐玄宗开元二十四年（736 年），两次科考落榜的孟浩然入荆州长史张九龄幕府，因公事途经彭蠡湖，西望庐山，这位山水田园派诗人写下这首五言古诗。开篇以宏大场面叙述诗人在月夜泛舟畅游美丽的鄱阳湖，游兴正浓，经验老到的艄公知道天要起风，便挂起风帆，在湖中迎接新一天的到来。船在皎洁的月光下缓缓行进，突然间，庐山隐隐约约显现于眼前，其巍峨雄壮，威势力压九江。夜幕下的庐山，高高屹立在天空中。天亮了，初升的太阳映照在山北的香炉峰上，挂在峰壁的瀑布被照射成色彩变幻的彩虹。一口气描摹所见所闻之后，诗人触景生情，大发感慨，说自己早就想追随遍游五岳名山后不知所终的东汉隐士尚长，此时此刻，尤其缅怀隐居庐山的晋朝名僧慧远。遗憾的是，因公务繁忙，诗人没有时间登山休憩赏景。斗转星移，霜雪降临，又要年末了，遥远的目的地还没走完一半，时间过得真快啊。诗人想对那些隐士高僧说，等等我，此行结束后我就会来和你们一同享受这大自然的明媚春光。全诗借景抒怀，铺张自然，感情真切，把热爱祖国山河的心迹尽藏于字里行间。

五指参天

〔明〕丘濬

五峰如指翠相连，撑起炎荒半壁天。

夜盥银河摘星斗，朝探碧落弄云烟。

雨余玉笋空中现，月出明珠掌上悬。

岂是巨灵伸一臂，遥从海外数中原。

Haj Lwgfwngz Daengj Mbwn

Mingz　Giuh Cin

Vujfungh heu lienz lumj lwgfwngz, daeux hwnj byongh mbwn
　　gvangq fwzfaix.

Haemh caemx dahhau aeu ndaundeiq, haet ndaej gyangmbwn loengh
　　fwjhoenz.

Fwn gvaq Vujfungh baenz rangz daengj, ndwen lumj caw fouz
　　gyangfwngz raeuh.

Lau dwg Gilingz iet gen daeuj, youq gyae roghaij diemj vunzcaiz.

　　五指山位于海南岛中部，峰峦起伏成锯齿状，因形如五指，故名。其主峰海拔 1867 米，为海南第一高山，是海南的地标。因地处热带，四周临海，雨水充沛，故山上白云缭绕，林木苍翠，美不胜收。文渊阁大学士丘濬，博学多才，少年时仰慕家乡此山，写下这流传后世的诗章。作者发挥自己的抽象思维，拓展广阔的想象空间，把五指山比作五根相连的手指，像巨柱那样，在炎热荒僻的海南岛撑起半边天。到了晚上，这只手会到银河里去摘星星；早上，它会到碧空里撩拨云烟。下雨过后，它像玉笋那样现身天空；夜里，月亮像悬挂在手掌上的夜明珠。接二连三用比喻来描述五指山之后，作者笔锋一转，把想象推向高峰，并以提问方式结束全诗：这五指山难道是巨灵神的手臂，要从大海之外遥遥指点中原的人和事吗？全诗紧扣山名，围绕"手指"在日夜、早晚、下雨、晴天显现的不同景象，用"盥银河""摘星斗""探碧落""弄云烟"等拟人手法，将静态的山变成活物，艺术高超。从写景到发问，想象不断，一气呵成，把祖国山河之美写得活灵活现。而以"数中原"封笔，尤能体现诗人指点江山的豪情壮志和理想抱负，脍炙人口，诚为佳品。

钱塘湖春行

〔唐〕白居易

孤山寺北贾亭西，水面初平云脚低。

几处早莺争暖树，谁家新燕啄春泥。

乱花渐欲迷人眼，浅草才能没马蹄。

最爱湖东行不足，绿杨阴里白沙堤。

Seizcin Youzbyaij Cenzdangzhuz

Dangz   Bwz Gihyi

Ranzmiuh Guhsanh daengz Gyajdingz, raemxhuz bingz fai fwj bingz
    deih.

Geij duz roeghenj ceng rongzfaex, roeg'enq daeh naez bae caux
    rongz.

Va hai luplap lwenq lwgda, nywjnya daemqdem mued dinmax.

Huzdungh gingj gyaeu maij mbouj gvaq, goliux fah haenz
    Bwzsahdiz.

【延伸阅读】

杭州古称钱唐（唐高祖为避国号之讳，改之为"钱塘"），位于杭州西部的西湖原名"钱塘湖"。唐穆宗长庆二年（822年），白居易出任杭州刺史以后，常在公余抽暇观赏湖光山色，并在春游西湖后写下这首传颂至今的诗篇。全诗按游览所见湖水、鸟儿、花草以及自身的感受递次展开，言其春游来到孤山寺的北边、贾公亭的西边，只见西湖水面涨到与堤岸齐平的位置，天上白云的边沿向下低垂，与湖面几乎连成一线。春天给人的感觉就是这样生机盎然，朝气勃勃。沐浴着和煦的春光，几只早来的黄莺为取暖而争相飞往向阳的树木；看那边，谁家燕子为筑新巢衔来春泥呢？春回大地，唤醒了这些春天的使者，莺歌燕舞，一派春光融融的景象。不仅有灵性的动物在享受春天的快意，无意识的花草也不落伍，只缘尚在早春，零星开放的鲜花倒也五彩缤纷，渐渐使人眼花缭乱；刚破土而出的青草，低浅矮小，仅仅盖过马蹄而已。西湖的景色着实迷人，湖东边的风景尤其令人看不够，那绿杨掩映的白沙堤更是如此。白居易不仅是颇有政声的治杭官员，而且是赫赫有名的现实主义诗人。此诗看似平平，却有自然清新、细腻入微之美。

望洞庭

〔唐〕刘禹锡

湖光秋月两相和，

潭面无风镜未磨。

遥望洞庭山水翠，

白银盘里一青螺。

Muengh Dungdingz

Dangz　Liuz Yijsiz

Huz ndwen doxciuq ronghbibaem,

Rumz caem daemz langh saw baenz gingq.

Bya heu raemx cingh lah Dungdingz,

Dingjlingz ngaenzbuenz coux sae'mboenj.

　　中国的湖泊，种类繁多，数量巨大。位于湘鄂交界的洞庭湖，以其南北确定湖南、湖北两个省名。她是中国第二大淡水湖，有"八百里洞庭"、湖南"母亲湖"之誉。洞庭湖因湖中小岛上有洞庭山（今称"君山"）而得名，湖区水土相宜，物产丰富，是著名的鱼米之乡。唐穆宗长庆四年（824年），刘禹锡调任和州（今安徽省和县、含山等地）刺史，赴任途经洞庭湖，游览湖光山色，将所见所闻写成此诗。观赏山水，在不同时辰会有不同的感觉，大白天当然看得更加清晰，但诗人舍白昼而选月夜，别有新意。加上初秋季节发生的变化，月夜下的洞庭湖更给读者留下非同一般的印象。在诗人的笔下，洞庭湖就像一位温柔羞涩的姑娘，月光洒到湖水上，两者交融是如此的协调。你看那风平浪静的湖面，就像尚未打磨的铜镜，把景物反射得若隐若现。大自然就这样以其独特的魅力，给人以神秘莫测之感。放眼望去，洞庭湖山水苍翠，平躺在湖中的君山，仿佛洁白银盘里的一颗青螺，玲珑剔透，与世无争。全诗短短4句28字，既描摹了湖水明月交相辉映、彼此融合的画面，又刻画了湖面无风、祥和平静的景象；既拍下了远望全境见到的山水滴翠、广阔无垠的镜头，又细刻了近观视角中可触及的湖中有山、纤巧绝伦的微雕，把偌大的洞庭湖尽收眼底，艺术冲击力极大，实属超凡脱俗之作。

菩萨蛮·人人尽说江南好

〔唐〕韦庄

人人尽说江南好，游人只合江南老。春水碧于天，画船听雨眠。

炉边人似月，皓腕凝霜雪。未老莫还乡，还乡须断肠。

Buzsazmanz · Bouxboux Cungj Naeuz Gyanghnanz Ndei

Dangz　Veiz Cangh

Bouxboux cungj naeuz gyanghnanz ndei, bouxyouz maez de baenz ciuhvunz. Raemx dah seizcin saw gvaq mbwn, youq gwnz ruz veh dingq fwn ninz.

Gyanghnanz miz dah gai laeuj ndei, miz gen daek laeuj baenz nae hau. Caengz laux caengz geq gaej ngeix dauq, dauq mbanj ngeix you mbouj rox sat.

　　"江南"是一个没有确切说法的地理概念，大致以长江南岸与东海为界，经济发达、风景秀丽是其特点。大唐由盛转衰之时，战乱频仍，民不聊生，年近六旬才考中进士的韦庄，由此结束漂泊生活，入蜀为官，以至终老。身家安稳后的韦庄，回忆当年浪迹江南的见闻，感慨万端，写下此词。作者以夸赞江南为主旨，以大白话"人人尽说江南好"起头，说漂泊江南的人只想在这里生活下去，直至终老。继而历数其种种好处：春天时节，江南的江水清澈碧绿，胜过青天；躺在彩绘游船上听着船外的滴答雨声，这可是上好的催眠曲；令人难忘的是，江南酒家里卖酒的姑娘长得楚楚动人，撩袖盛酒时露出的手腕白如霜雪。推出江南春水、画船、春雨、沽酒美人等画面后，词人调转笔头，接续前语，再表愿在江南生活的意向：在江南活得如此滋润，衰老之前就别回家乡了，不然会因家乡的战乱贫瘠而悔断肝肠的。诗人围绕江南美景遣词造句，诸如"春水碧于天"的江南风景之美，"画船听雨眠"的江南生活之美，"垆边人似月"的江南佳丽之美，美美叠加，然后以"游人只合江南老"的终极结论和"未老莫还乡"的谆谆叮嘱结尾。作为花间派词人的代表，韦庄的旅愁哀怨之情、合欢离恨之意，在此词中得以体现。

江南春

〔唐〕杜牧

千里莺啼绿映红，

水村山郭酒旗风。

南朝四百八十寺，

多少楼台烟雨中。

Seizcin Gyanghnanz

Dangz　Du Muz

Gizgiz roeg ciuz faex va mwn,

Henz raemx mbanj singz geizlaeuj biu.

Seiq bak bet aen miuh Namzciuz,

Ndojdeuz cungj haeuj ndaw mok fwn.

在这首七言绝句诗中，杜牧从小处聚焦，仅写春景，却写出了另外一番景致。在那山雨欲来风满楼的晚唐，杜牧被多次外放江南，成就了这首广为流传的短诗。在诗人的笔下，我们看到辽阔的千里江南，黄莺在尽情歌唱，绿树红花，交相辉映。在傍水的村庄和依山的城郭中，酒肆林立，门前的招牌旗迎风招展，猎猎作响。数百年前佛教盛行的南朝，在这方土地上遗留下众多的古刹，如今还有多少仍坐落在这春天朦胧烟雨之中呢。全诗未用一个"春"字，却把江南春天的景色写活了，首句"千里莺啼绿映红"铺开之后，处处皆春，蒙蒙烟雨更把春景写得活灵活现。江南春景何其多，要把它写完是不可能的，这就需要提炼、概括，找出有典型意义的代表性景物，着墨渲染。作者提炼出诸如啼叫的黄莺、碧绿的草木、灿烂的红花、临水的村庄、依山的城郭、迎客的酒店、飘荡的酒旗、宏伟的佛寺、古老的楼台、蒙蒙的烟雨，把人带进另一种意象之中。从南朝衰亡到杜牧生活的晚唐，已有两个多世纪，往事悠悠，日渐模糊，再将古老神秘的佛寺放到蒙蒙烟雨里，若隐若现，平添了几分朦胧迷离感。此外，遗存寺庙四百八十座之说，本非确数，紧接着的"多少楼台"，进一步虚化数字，虚实之间，混沌之妙，引出遐思无限。这种文字拿捏，给读者留出了巨大的联想空间，营造了无穷的美感场景。全诗书写了丰富多彩的江南春景，笔调清新，把读者带到无边春色之中。

望海潮 · 东南形胜

〔宋〕柳永

　　东南形胜，三吴都会，钱塘自古繁华。烟柳画桥，风帘翠幕，参差十万人家。云树绕堤沙，怒涛卷霜雪，天堑无涯。市列珠玑，户盈罗绮，竞豪奢。

　　重湖叠巘清嘉，有三秋桂子，十里荷花。羌管弄晴，菱歌泛夜，嬉嬉钓叟莲娃。千骑拥高牙，乘醉听箫鼓，吟赏烟霞。异日图将好景，归去凤池夸。

Vanghaijcauz · Dieg Ndei Doengnamz

Sung　Liuj Yungj

　　Dieg ndei doengnamz, gingsingz sam Vuz, ciuhgonq hoenghvuengh maqhuz.Giuz faex lumj veh, manh mbe gyaeundei, cibfanh ranz laeuz mwndeih.Faexmwn heux haenzdah, langh bwenjfa sangngau, najdah gvangqyau.Haw baij huqbauj, ranz rim couz, doxbeij fouq.

Huz bya gyaeundei doxrangh, va'gviq rang seizcou, cib leix va'ngaeux.Ngoenz gvengq boq dig, daengz haemh mbit lingz, ep bya mbaet ngaeux cungj mizyinx. Gyoengq bing humx bouxdaeuz, sailaeuj dingq siu gyong, yawj byaraemx ndeingonz.Ngoenzmoq veh gingj gyaeu, dauq caeuq gyoengq hek haenh.

【延伸阅读】

北宋建立后，经过几十年的经营，国力渐增，两浙路治所杭州地处东南要冲，空前繁盛。科考屡试不中的柳永寓居杭州，遂填此词进献杭州官长，以显示其才华，欲得到举荐。柳永不愧为婉约派词人的代表，且为两宋词坛上创用词调最多者。此词便是他将观潮时的感受谱入律吕而创制的新词牌，后人以其为正体。在发扬婉约派词作结构缜密、情景交融、声调和谐、清新绮丽、婉丽柔美的基础上，柳永变雅为俗，用老百姓的语言来表现世俗化的市井生活情调。词中说杭州地处东南，地理形势优越，风景优美，是三吴的都会，自古以来就十分繁华。约住着十万户人家的杭州，柳林笼罩在烟雾之中，桥梁华美如画，民房门窗上挡风的帘子、翠绿的帐幕，点缀着城市的美丽。高耸入云的大树环绕着钱塘江沙堤，汹涌澎湃的潮水卷起白雪般的浪花，宽阔的江面一望无涯。市场上到处陈列着珠玉珍宝，琳琅满目，每家每户都存满绫罗绸缎，相互攀比谁更奢华。西湖白堤两边是里湖和外湖，那里山峦重叠，清秀美丽。到了秋天，桂花遍地，荷花绽放，绵延十里。晴天时，民众吹奏欢快的羌笛；夜幕下，到处是划船采菱的歌声；钓鱼翁与采莲妹在湖上喜笑颜开。巡察归来的长官，被上千名骑兵簇拥着，在略带醉意中听着箫鼓演奏，吟诗作词，赞赏美丽的湖光山色。有朝一日我要把美好的景致描绘出来，以便回京时向朝中的人夸耀。全词描述太平盛世和物阜民康的图景，声情并茂，读来琅琅上口，是柳永善用慢词形式和铺叙手法的体现。

送桂州严大夫同用南字

〔唐〕韩愈

苍苍森八桂，兹地在湘南。

江作青罗带，山如碧玉簪。

户多输翠羽，家自种黄甘。

远胜登仙去，飞鸾不假骖。

Soengq Gveicouh Yenz Dafuh Doengz Yungh Cihnamz

Dangz　Hanz Yi

Mwncup ndoeng Bazgvei, dieg neix baihnamz Siengh.

Dah lumj saibuh yiengh, bya lengj lumj nyawhsawq.

Bwnroeg dawz guh nab, gag ndaem makmoed diemz.

Ndei gvaq doengh bouxsien, mbouj yungh lienh baenz saenz.

【延伸阅读】

桂林之名，上古奇书《山海经》中有"桂林八树，在番隅东"之说，此"八"字并非确数，晋人郭璞注曰："八树而成林，言其大也。"可知"桂林"即桂树成林之意。秦朝设立桂林郡后，"桂林"之名沿用至今，而桂林曾作为广西的省会，"八桂"便成为广西的代名词。唐穆宗长庆二年（822年），兵部侍郎韩愈的朋友严谟出任岭南西道三管之一的桂管都防御观察处置等使军事长官——桂管经略观察使，离京赴任前，韩愈作这首五言律诗以赠别，盛赞桂林山水之美：苍茫萧森的八桂大地，位于湘水之南。那里的江河像一条青色的纱罗衣带，那里的山峰似碧玉头簪。那里物产丰饶，住户多以名贵的翠鸟的羽毛来缴纳赋税，家家都自己种植黄柑。到这样美丽富饶的地方去任职，赛过神仙，就让仙人所乘的神鸟搭你前往吧。严谟之前，裴行立曾任此职，邀请大文豪柳宗元去观赏他在漓江訾家洲所建的亭阁，柳宗元留下"桂州多灵山，发地峭坚，林立四野"的赞叹。此诗"江作青罗带"一句与"山如碧玉簪"联袂，成为夸赞桂林山水的佳句，传颂至今。到了宋朝，广南西路提点刑狱公事兼靖江府（今桂林市）知府王正功所作"桂林山水甲天下，玉碧罗青意可参"这一广为流传的名句，正是韩诗"江作青罗带，山如碧玉簪"的化用。桂林山水以婀娜妩媚、旖旎秀丽而闻名遐迩，看看第五套人民币20元纸币的背景图，读读人教版语文课本中的《桂林山水》一文，尤能理解陈毅元帅"愿作桂林人，不愿作神仙"的含义。

村径闲步书所见（其二）

〔清〕郑献甫

西山纳朝爽，南浦招晓凉。

平畴列门前，四顾青茫茫。

村烟起牛宫，涧水鸣鱼梁。

阡陌无人行，惟闻稻花香。

高林一蝉噪，低陇双鹭翔。

徙倚每移时，一片来斜阳。

Roen Mbanj Byaijmbwq Sij Gij Raen
（Hot Daihngeih）

Cingh　Cwng Yenfuj

Byasae haet heiq singj, mbanj namz liengz henz dah.

Doengh bingz doengh go maj, seiqhenz nya heuseu.

Hoenz mbanj ngutngeuj sang, lanz mieng angq dwk bya,

Haenznaz vunz mbouj byaij, cij num haeuxnaz rang.

Ndaw ndoeng bid raez angq, roegcaeuq langh fwed mbin.

Youq gwnz roen byaijdin, linj couh daengz gyanghaemh.

【延伸阅读】

清代广西象州寺村诗人郑献甫，自幼聪颖，14岁中秀才，24岁中举人，34岁中进士，授刑部主事，道光十八年（1838年），因不满官场黑暗而辞官，以"识字耕田夫"自号，大半辈子在外游历，足迹遍及大半个中国，撰写大量纪游作品。后在岭南多处设馆办学，教书育人，专心学术，著述宏富，有"江南才子""两粤宗师"之誉。晚年回乡，闲居日多。同治十年（1871年），郑献甫在村道上散步时，将见到的景色写成此诗。诗中套用明朝诗人倪谦《次韵罗都宪归老诗》中"西山朝气爽，南浦暮云疏"二句，描述壮乡恬夷安适的一天。早餐后出门散步，只见村西的山上还在吸纳清晨明朗的爽气，村南的水边还在招引拂晓的清凉，南国乡野之晨如此迷人。举目张望，门前平坦的田野上庄稼长势喜人，四周是一片青葱茫茫的景象，这是丰年的征兆。村中的炊烟，袅袅升起于畜禽舍旁；山间的水沟里，传来筑堰拦水捕鱼的声音。田间纵横交错的小路无人行走，只有一阵阵稻花的香味随风飘来。高处的树林中，一只知了在不停地鸣叫；低洼的田垄上，两只鹭鸟在尽情地飞翔。被这美丽的景色吸引，诗人走着走着，不经意间发现太阳竟然偏西了。在见多识广的七旬诗人笔下，壮乡的田园风光是多么令人流连忘返。而不加雕饰的全景素描，使全诗自然清新，使人读之心旷神怡。

晚登三山还望京邑

〔南朝〕谢朓

灞涘望长安，河阳视京县。

白日丽飞甍，参差皆可见。

余霞散成绮，澄江静如练。

喧鸟覆春洲，杂英满芳甸。

去矣方滞淫，怀哉罢欢宴。

佳期怅何许，泪下如流霰。

有情知望乡，谁能鬒不变？

Haemh Hwnj Sanhsanh Lij Muengh Ginghyi

Nanzcauz   Se Diuj

Gou muenghyawj Cangzanh, hozyangz yawj Ginghyen.

Ndit ciuq dingjranz yienh, camjca yiengh cingcuj.

Fwjbya duj lumj man, cwngzgyangh lumj saihau.

Aijsa roeg nauhyied, diegdieg nya va mwn.

Yaek bae dieg wnq youq, siengjniemh hoihlaeuj gaeuq.

Youheiq seizlawz ma, raemxda doeksasa.

Miz cingz cix muengh ma, da raen byoem hausa.

【延伸阅读】

南朝齐明帝建武二年（495 年），31 岁的谢朓被任命为宣城（今安徽省宣城市）太守，行至京城西南的三山，他回头眺望晚霞照耀的京城建康（今江苏省南京市），写下这首五言古诗，以记所见美景及引发的思乡情愫。诗的开头，以东汉末年王粲到灞水边仰望汉文帝陵、西晋时潘岳出任河阳县令而思念京城洛阳为引子，道出写此诗的原委。接着用六句写登山回望京城所见的景色。阳光把城中飞甍的屋脊照射得绚丽多彩，高低不齐的建筑物清晰可见。残余的晚霞在天边散开，像一幅幅妍丽的锦缎；清澈的江水，仿佛平静地铺在江面的白练。叽喳喧闹的鸟儿，把春天的小洲覆盖满了；各色各样的花朵，开满了郊外的原野。继之用六句抒发情怀。我要到远离京都的宣城去长久居住了，好怀念那些已经散席的欢乐宴会。不知什么时候才能回到家乡，想到此不禁惆怅忧伤，黯然流下冰粒般的眼泪。有情人遥望久别的故乡，谁不因此熬白乌黑的头发呢？此诗被视为谢朓独步古今之作，诗以典故发轫，借古喻今，含蓄地为思乡作铺垫。接着把镜头瞄准京城，"白日丽飞甍，参差皆可见"的气派与繁盛，"余霞散成绮，澄江静如练"的绚丽与恬谧，"喧鸟覆春洲，杂英满芳甸"的欢欣与生机，目及之处美不胜收，景致宜人。赏景之后，诗人用虚词"去矣""怀哉"拉开抒情的序幕，别开生面，感染力顿时升腾。情到深处，"泪下如流霰"，好不伤感。全诗情景交融，自然天成，后世好评如云。

天净沙·秋

〔元〕白朴

孤村落日残霞，轻烟老树寒鸦，一点飞鸿影下。青山绿水，白草红叶黄花。

Denhcingsah · Seizcou

Yenz　Bwz Buz

Mbanj yaemz ndit haemh fwj mbang, hoenz vang faex geq a nit, roegnyanh ruxrit mbin roengz. Ndoeng loeg raemx saw, nya bieg mbaw hoengz va henj.

【延伸阅读】

春天景色很美，秋天风光也不错，读此曲即见一斑。白朴 45 岁时，元朝已经建立，待到南宋覆亡那年，他 53 岁了。翌年，他从寓居多年的真定（今河北省正定县）迁居建康（今江苏省南京市），填写《天净沙》组曲，以咏四季之景，此为其中之一。曲中描摹深秋的傍晚，一个孤独的村庄坐落在寂静的山下、小河之畔。太阳就要下山了，即将消散的霞光，映照着整个村落。厨娘们正忙着张罗晚餐，袅袅炊烟，徐徐回旋在村子上空，若即若离。村头的老树枝丫上，站立着归林的乌鸦。转瞬之间，天上的鸿雁划破长空，留下一道倩影。季节交替并未改变山村的模样，青山依旧，绿水长流，白色的蒲苇、火红的枫叶、金黄的菊花，在习习凉风中绽放。秋天的美景，就这样绚丽多彩。这样一个安静、和谐、温馨、柔媚的山村，多么令人神往。短短 28 个字中，嵌入孤村、落日、残霞、轻烟、老树、寒鸦、飞鸿、青山、绿水、白草、红叶、黄花 12 种景物，凝重古朴，色彩斑斓，把名不见经传的偏僻山村写得活灵活现，画面感极强。白朴生于官宦之家，却因战乱而流离失所，虽母子骨肉至亲，亦不得团圆。目睹时艰，他厌恶官场，终身未仕，多次南下，浪迹天涯，寄情于山水之间，写诗填词作曲以排解心中的不快，终成元曲四大家之一。捧读此曲，仿佛置身秋色宜人的山村，周遭犹如人间仙境一般。

双调·雁儿落兼得胜令·退隐

〔元〕张养浩

云来山更佳，云去山如画，山因云晦明，云共山高下。倚仗立云沙，回首见山家。野鹿眠山草，山猿戏野花。云霞，我爱山无价。看时行踏，云山也爱咱。

Sanghdiu · Yen'wzloz Giem Dwzswngling · Doiqndup

Yenz　Cangh Yangjhau

Fwj daeuj bya engq ngamj, fwj sanq bya lumj doz, bya gyo fwj rongh laep, fwj gaep bya hwnjroengz.Gaemh dwngx soengz fwjhaij, nyeux gyaeuj raen baih bya. Maxloeg ninz diegnya, gaengbya loengh vamoq. Fwj oq, ndiepndoq bya dijbauj. Caemzcaemz byaijbyaij, bya fwj hix maij raeuz.

【延伸阅读】

张养浩自幼勤奋好学，官至礼部尚书。元英宗至治元年末（1321年），张养浩父逝，回老家历城（今山东省济南市历城区）丁忧，历八载而不出仕，期间作《雁儿落兼得胜令》颂扬自然之美，揭示钟爱隐居之由。曲中以"云"和"山"为主题，围绕两者的关系以及由此形成的美景，次第展开。彩云缓缓飞来，山峦若隐若现，煞是好看；云彩慢慢飞走，山体明朗清晰，美如图画。山因云飘来飘去而忽明忽暗，云随山高矮不同而时上时下。我挂着拐杖伫立在茫茫云海中，回头眺望山那边的风景，只见野鹿在草丛中闭眼安眠，山猿在花丛中追逐玩耍。我爱这变幻迷人的云霞，爱这风景秀丽的山峰，它们都是无价之宝。一边走来一边看，那云那山，也对我充满爱意。大自然千姿百态，万物间争奇斗艳，作者慧眼识珠，捕捉云和山两个景物，细致观察它们之间相辅相成、美美与共的关系，描绘出一幅生动逼真的山水画，谱写出一支人与自然和谐相处的赞歌。难得的是，"云"与"山"两字的反复使用，并不令人生厌，却因组合精巧、排列得当而不断强化主题，给读者留下深刻的印象。诗人远离尔虞我诈的官场，隐归大自然的怀抱，把烦恼和忧愁抛到九霄云外，陶醉于云山景色之中，怡然自得，尽情抒发对祖国大好河山的热爱。

中国幅员辽阔，历史悠久。各民族世代相承，团结协作，筚路蓝缕，创榛辟莽，前赴后继，共同建设家园，使中华民族得以屹立于民族之林。

在那瘴气弥漫的年代里，可尊可敬的冼夫人开发岭南，加强民族团结，成为后人称颂的能人，遂获"岭南圣母"之誉。汉朝博望侯张骞出使西域，促进了中原与中西部地区乃至中亚各国的政治、经济和文化交流，引进了石榴、葡萄等树种及其他经济作物，功莫大焉。唐朝都城人能吃到南方出产的荔枝，就是地域之间扩大交往的证据。王昭君、金城公主的和亲之举，使中原与边疆少数民族之间出现了和谐融洽、农牧业繁荣兴旺的景象，留下了友好往来的佳话。

历代使臣是传播友谊的桥梁和纽带，骚人墨客留下诸多不朽的诗篇。大唐王朝和南诏发展友好关系，为西南疆域的开发做出了巨大贡献。宋朝政府派大学士出使辽国，则是南北方政治、文化交往的真实体现。在大文豪苏东坡的诗句中，南北统一、增进交流，是塞北民众生活安定的前提。在王士禛的诗章里，渑池会盟台是罢兵修好、共建中华的见证。后来的凉州会盟，何尝不是如此？到了清朝，乾隆皇帝与六世班禅的友好交往，更是共同构筑相亲相爱民族之举。

交往促进人们的思想沟通，增进人与人之间的友谊。北宋时，李师中出任广西提刑，参与岭南开发，任职结束北返时，在漓江边与少数民族兄弟姐妹依依不舍的情景，仿佛就发生在眼前。交往促进商业的发展，藏族聚居的打箭炉（今康定市）人来人往，铸币还钤上大清国号，民心向背，由此可见一斑。

诚然，架桥修路，能缩短人与人之间的距离；修筑水利运河，亦是发展交通所必需。君不见，京杭大运河的开凿，都江堰水利工程的修建，赵州桥的建造，如此等等，前人经历，今人尚在使用，哪一项不是利国利民的举措呢？

和陶拟古九首（其五）

〔宋〕苏轼

冯冼古烈妇，翁媪国于兹。

策勋梁武后，开府隋文时。

三世更险易，一心无磷缁。

锦伞平积乱，犀渠破余疑。

庙貌空复存，碑版漫无辞。

我欲作铭志，慰此父老思。

遗民不可问，俚句莫予欺。

爨牲菌鸡卜，我当一访之。

铜鼓壶卢笙，歌此送迎诗。

Dap Dauz Ciuq Ciuhgeq Sij Gouj Hot（Hot Daihhaj）

Sung　Suh Siz

Fungz Senj riuz ciuhlaux, goeng'yah caux andingh.

Riengz Liengzvuj goengming, suizvwnz lingx lajfwngz.

Sam ciuz rox bienq mbwn, guhvunz sim mbouj vuenh.

Ok biengz bingz lauzluenh, dawz dwngx duenh simngawz.

Sigbei lamq faenzsaw, ndaw miuh fwz baenz gamj.

Yaek dik saw rinbanj, hawj vunzmbanj niemh baz.

Vunz ciuhlaux nanz ra, saw boekgvaq nanz nyinh.

Ndok gaeq vaiz gaglingh, gou itdingh bae caz.

Roq gyong caiq roq laz, eufwen ma soengq coux.

【延伸阅读】

　　北宋晚期，大文豪苏轼因意见与朝政不合，多次被贬。宋哲宗绍圣四年（1097 年），苏轼又被流放到更远的昌化军（今海南省儋州市）。他以东晋陶渊明的诗歌原韵写下九首诗，其中第五首是拜谒冼夫人庙的见闻与感想。诗中称高凉郡（今广东茂名）太守冯宝的夫人冼英是古时候的女性英杰，夫妇俩受封在岭南这片土地上。冼夫人的功勋在南朝梁武帝时就记载入册，隋文帝时她建立府署、统一各部落。历经梁、陈、隋三朝险象丛生的更迭，她努力维护统一、建设家园，从未改变初衷。她撑着华丽的伞，率领骑兵弓手，平定积累已久的乱局，身披犀牛皮做的甲衣击败叛乱首领。如今，祭祀她的庙宇尚存，里面却空空荡荡，石碑上的文字漫漶。我想为她写一通碑文，借以告慰父老乡亲们的思念。找不到她的后人给我提供信息，庙里占卜用的龟甲可不要欺骗我啊。当地人用犦牛（一种野牛）当祭品，有鸡卜（古时岭南地区流行的一种用鸡骨占卜的方法）的习俗，并以此举行祭祀活动，我要前往借以了解她的故事。在铜鼓和壶卢笙声中，放声高唱这首迎神的诗歌。此诗是《和陶拟古九首》组诗中最长的一首，开创了吟咏冼夫人的先河。全诗以叙论结合的手法，从讴歌冼夫人的功绩到描述其庙被岁月蚀损，冀望写诗来弘扬这位地方氏族首领对维护国家统一、促进民族团结、开发岭南的贡献。冼夫人一生功业彪炳，被封为"谯国夫人""诚敬夫人""岭南圣母"。读苏诗，令人对冼夫人肃然起敬。

王母祝语·石榴花诗

〔宋〕王义山

待阙南风欲上场，阴阴稚绿绕丹墙。

石榴已着乾红蕾，无尽春光尽更强。

不因博望来西域，安得名花出安石。

朝元阁上旧风光，犹是太真亲手植。

Vangzmuj Cukfaenz · Sei Vasigloux

Sung　Vangz Yisanh

Rumznamz yaek ning va yaek langh, nyefaex heuswd geuj
　　ciengznding.

Valup sigloux hoengzvangvang, mwh cin gingjsaek langh bae gyae.

Cangh Genh mbouj daengz dieg baihsae, yawz ndaej va ndei ma
　　guekcoj.

Ndaw suen Cauhyenz gova oq, lij gyo Daicinh ngoenzgonq ndaem.

【延伸阅读】

宋末元初诗人王义山擅长吟咏花卉，长春花、栀子花、蔷薇花、萱草花、芍药花等，均有涉及。此诗从石榴花开花的时间、情状说起，进一步探寻石榴的来源，最后以引进石榴的意义收尾，环环相扣，构架结实。诗称石榴花要等到南边的暖风吹来后才在花木世界里姗姗来迟，这时候，石榴树嫩绿的叶子绕着花园的红墙递次展开，它那深红的花蕾在无尽的春光中显得更加耀眼。我国本无石榴树，要不是博望侯张骞出使西域把它带回来，我们怎能得到这种产自安石国的名花呢？而华清宫朝元阁花园里也依旧是原来的风景，仍然是杨玉环亲手种植的那些花。据载，杨贵妃酷爱石榴花，唐玄宗为满足她的这一爱好，在华清宫西绣岭、王母祠等地种了不少石榴树，并在石榴花开时携其于石榴花下设宴招待群臣。因杨贵妃以大臣对她不敬为由拒绝弹唱，玄宗便下令群臣见贵妃要行跪拜礼，留下"跪倒在石榴裙下"这一俗语。此说确否，不必当真，但人们称颂石榴花，向来不绝。王义山之前，王安石即有"浓绿万枝红一点，动人春色不须多"之句；到了清代，石榴花仍是皇家园林中华贵的品种，康熙帝次子爱新觉罗·胤礽"上林开过浅深丛，榴火初明禁院中"即可证明。王义山反对写诗造作、用语艰涩，强调自然天成、不加雕饰，在平淡中抒情感，在寻常中出新意，此诗很能体现其风格。而此诗对张骞出使西域的褒扬，是对古代我国民族交往成果的肯定。

王昭君

〔唐〕张仲素

仙娥今下嫁，
骄子自同和。
剑戟归田尽，
牛羊绕塞多。

Vangz Cauhginh

Dangz　Cangh Cungsu

Sausien haq bae fan,

Vuengz han huz fanhseiq.

Caeu giemq yangj guh reih,

Yiengz rim deih bienguek.

【延伸阅读】

王昭君是中国古代四大美女之一，有着"落雁"之誉。她天生丽质，聪慧过人，精通琴棋书画，汉元帝建昭元年（公元前38年）被选入宫。数载后被赐给匈奴首领呼韩邪单于为妻，史称昭君出塞。历史上，有关王昭君的诗作甚多，或哀怨，或称功，此诗为后者。诗中首先称赞王昭君美若天仙，倾国倾城，嫁到边境少数民族地区后，使匈奴与汉朝政府的关系更加紧密，给双方带来了和平友好的局面。紧接着，作者进一步深化这种局面及其效果，表现为双方矛盾冲突消解了，残酷的战争结束了，干戈化为玉帛，刀枪入库，马放南山，当兵的返乡务农，耕种田畴，塞外出现了欣欣向荣、繁盛富足的景象，牛羊肥壮，满山遍野，成群结队放养在茫茫草原上。张仲素的诗言语飘逸、内容清新。此诗仅用20个字，便把一个重大历史事件及其结果串起，描绘出一幅太平盛世的图景。"剑戟"与"牛羊"，"归田"和"绕塞"，一个"尽"字和着一个"多"字，对仗工整，给这幅图景添上神来之笔。正如著名史学家翦伯赞所说的那样，王昭君出塞和亲使"鸣镝无声五十年"。这是民族交往、和谐融洽的结果，是边疆地区农牧业生产发展、经济繁荣兴旺、人民安居乐业的前提。正因如此，2019年，习近平总书记在全国民族团结进步表彰大会上的讲话中，对昭君出塞给予高度评价。

奉和送金城公主适西蕃应制

〔唐〕薛稷

天道宁殊俗，慈仁乃戢兵。

怀荒寄赤子，忍爱鞠苍生。

月下琼娥去，星分宝婺行。

关山马上曲，相送不胜情。

Wngq Vuengz Ciengq Gyoeb Soengq Ginhcwngz Gunghcuj Bae Sihfanh

Dangz　Sez Gi

Dienyah fungsug mbouj doengz loh, sienhsoh doxdoiq bingmax yaemz.

Ndiepndoq dieggyae haq saungaenz, naekcaem beksingq biek lwgnomj.

Ronghndwen cw gyaeuj bae yomjyomj, ndaundeiq yaemhyonq ndongqriri.

Max daengz Gvanhsanh fwen doxliz, rumz coififi sim lingzluenh.

【延伸阅读】

　　"和亲"一词，先秦典籍《礼记》中便已出现，有和睦、和好、亲近、友善之意，被广泛运用到形容父子、兄弟、家庭、宗族、邻里、君民、君臣关系之中。汉代以后，婚姻也被纳入其中。唐朝是推行和亲政策力度最大的朝代，以公主名义赴外族和亲者有 20 余位，其中金城公主以血统高贵、和亲礼仪规格高著称。金城公主是雍王李守礼之女，后被唐中宗收为养女，聪慧伶俐，美丽动人，被中宗视若掌上明珠，称为"朕之少女"，玄宗则同她以兄妹相称。神龙三年（707年），吐蕃向唐朝请求联姻，唐中宗册封李奴奴为金城公主，出嫁吐蕃赞普赤德祖赞。中宗为其送行，并命群臣"赋诗饯别"，现有 17 首存于《全唐诗》中，此诗便是其中一首应制诗（臣僚奉皇帝所作、所和的诗）。此诗前四句阐述唐中宗嫁出金城公主的意旨及其重大意义：天下的公道并非因民俗不同而有差别，只要彼此仁慈相爱就能消弭战争；忍痛下嫁爱女为的是怀柔远荒纯洁善良的百姓，为的是各族人民能过上和平美好的生活。后四句表达惜别之情：公主像嫦娥奔月那样，向着吉祥的女宿星飞去；当马背上弹奏的离别曲从关山传来，百感交集的送别者难以释怀。金城公主的和亲使唐朝和吐蕃的友好关系更加密切，使中原的先进文化技术传入藏族地区，加强了双方的互市贸易，为藏族地区的经济发展提供了有利的条件。

送许侍御充云南哀册使判官

〔唐〕杨巨源

万里永昌城，威仪奉圣明。

冰心瘴江冷，霜宪漏天晴。

荒外开亭候，云南降旆旌。

他时功自许，绝域转哀荣。

Soengq Hij Swyi Dang Yinznanz Aihcwzsij Ban'gvanh

Dangz　Yangz Giyenz

Yungjcangh fanh leix gyae, vuengz baij bae rogguek.

Simcingh rox dah gyoet, najsaep raen mbwn gvengq.

Dieggox laeb deihgoengq, yinznanz hongx geizfan.

Daengzcog haenh goengganq, dieg fan cungj riuz mingz.

【延伸阅读】

　　诗中的"云南"，即南诏政权。唐朝时期，洱海周围有6个较大的少数民族部落，其首领叫"诏"，故称"六诏"。其中蒙舍诏位居南边，名为"南诏"。唐王朝为发展与南诏的友好关系，每遇南诏王去世时，多派专使前往吊唁。元和十一年（816年），南诏大首领蒙龙盛谢世，唐朝廷命少府少监李铣持节册立，左赞善大夫许尧佐作副使，一同前往。许尧佐的好友杨巨源作诗为其送行，希望他不辞辛劳到遥远的南诏政治中心永昌城（今云南省保山市）去传扬大唐的圣明威严，用纯净高洁的心去开发南诏，使那里的阴雨天大放光明，并在荒僻偏远的边境上建立瞭望和监视敌情的岗亭，让南诏归附大唐。诗末他还动情赞颂道：将来评价你的功劳时，遥远的边地也会流传着你的荣光。这美好的期盼是唐朝政府乃至布衣百姓的心声。许尧佐出使之前，唐朝就十分注重发展与南诏的友好关系，尤其是剑南西川节度观察使韦皋任职期间，唐朝赠送大量资金给南诏，凿山开路，方便民众出行，还挑选少数民族的子弟到成都学习文化，为日后祖国西南地区的开发奠定了重要基础。从此诗的谆谆寄语中，可以从中了解中国历代重视开疆拓土、扩大交往的治边政策。

送谢希深学士北使

〔宋〕欧阳修

汉使入幽燕，风烟两国间。

山河持节远，亭障出疆闲。

征马闻笳跃，雕弓向月弯。

御寒低便面，赠客解刀环。

鼓角云中垒，牛羊雪外山。

穹庐鸣朔吹，冻酒发朱颜。

塞草生侵碛，春榆绿满关。

应须雁北向，方值使南还。

Soengq Se Hihsinh Yozsw Bae Baihbaek

Sung　Ouhyangz Siuh

Hansij haeuj Youhyenh, song mbiengj cienh mokhoenz.

Loh yied yamq yied doeng, bing yied ngoenz yied siuj.

Dig yiengj max cix diuq, ronghndwen ciuq naq gung.

Beizbienhmienh dangj rumz, giemq gung dawz soengq hek.

Singhauh sek gwnz fwj, yiengz gwn nywj laj bya.

Bungzciengq rumzsasa, laeuj gyoet naj ndatfoed.

Nywj roz namhsa moek, faex heuloeg bakgemh.

Caj roegnyanh daeuj hemq, cij yamq loh baema.

【延伸阅读】

宋仁宗景祐元年（1034 年），谢绛（字希深）被任命为契丹生辰使，欧阳修等人为其送行赋诗。一开始，诗人便直截了当地点出谢绛的使命，并预设行程，说他像风烟那样，代表北宋政府出使位于古幽燕之地的辽国。启程后征途越走越远，边塞的堡垒也愈来愈空荡。作此铺垫之后，诗人不吝篇幅，声情并茂地大书辽国风光与习俗，使读者仿佛置身其中。只闻胡笳响起，那里的战士们便策马腾跃，拉弓训练，日夜不辍。使者送上汉人用来御寒的便面（一种用于遮住面部的扇子）作礼品，对方则还以心爱的腰刀。战鼓和号角在云中吹响，雪域山下放养着成群的牛羊。为了驱寒，辽人在圆顶毡帐内奏起民乐《朔吹》，饮酒作乐。酒本是冷的，可一杯下肚，浑身发热，面颊通红。写到此处，辽国的风土人情犹如一幅豪放的画作，历历在目。接下来要为叙写友人结束使命回国做准备了，当然，这转折不能过于突然，得纾缓地承上启下：辽国人为了牛羊安全过冬，将枯草深埋到沙底，待到来年春暖花开，榆树绿叶满枝头，将是旧貌换新颜的时候。再往后，到了大雁从南方飞回北方的时节，我的好友将从北方回到南方。没有一句关于外交活动繁文缛节的描写，全诗通过对友人出使过程的想象，彰显辽国人的朴质性格，达到感人的效果。

次韵子由使契丹至涿州见寄（其二）

〔宋〕苏轼

胡羊代马得安眠，
穷发之南共一天。
又见子卿持汉节，
遥知遗老泣山前。

Ciuq Yinh Swjyouz Cunz Gidanh Daengz Cohcouh Geiq Hawj Gou（Hot Daihngeih）

Sung　Suh Siz

Yiengz rag cimax ninz onjan,

Baihbaek baihnamz caemh guekcoj.

Caiq raen Swjgingh cunz dieggox,

Aenq rox gyoengqlaux daej dinbya.

【延伸阅读】

宋与契丹人建立的辽国订立澶渊之盟后，涿州（今河北省涿州市）被划入辽。宋哲宗元祐四年（1089 年），苏辙使辽，行至涿州，先后给在杭州任知州的苏轼寄了四首诗，苏轼亦回四首和诗，此即其二。因和诗按原诗的韵和用韵次序来写，故称"次韵"。诗的前半部分用书信形式表达问候，回应弟弟苏辙《神水馆寄子瞻兄四绝》原诗中"夜雨从来相对眠，兹行万里隔胡天"句，表达相互思念之情：你在辽国境内，用契丹人的羊代替马驾车，舒缓平稳，正可安然入睡；你虽远在万里之外辽国最南端的涿州，但我们兄弟俩并没有分开，依然处在同一片蓝天下。后半部分诗人拓展想象空间，通过比较，鼓励弟弟更好完成使命：在你身上，我看到了汉朝出使匈奴的苏武（字子卿）的影子，苏武牧羊的故事，处处体现出身处逆境仍旧维持国家尊严的气节；如今你代表宋朝出使契丹，遥想后晋开国皇帝石敬瑭割让燕云十六州给辽国的悲剧，当地遗民见到你，定将因思念故国而在山前哭泣。外交使节肩负国家重任，是维护和平的桥梁，苏轼重视兄弟情谊，更希望弟弟在使臣岗位上建功立业，为增进汉族与少数民族的交往，促进民族团结做出贡献。此诗意境高雅，铺排得体，含义深邃。

会盟台二首（其一）

〔清〕王士禛

秦声赵瑟会西河，

御史前书较孰多？

临诀数言关大计，

论功终欲首廉颇。

Veimungzdaiz Song Hot（Hot Daih'it）

Cingh　Vangz Swcinh

Cinz Cau habhoih Menjciz singz,

Song vuengz daeuqheiq byawz ndaej hingz?

Lenzboh doxbiek geij coenz hauq,

Mbouj beij Siengyuz geiqmaeuz lingz.

【延伸阅读】

会盟台位于今河南省渑池县西边，是战国时期秦、赵两国订立盟约之地。清康熙三十五年（1696 年），作者途经此地，追忆往事，思绪沸腾，写下此诗。此诗开门见山道出会盟地点及谈判过程。当是时，秦国多次攻打赵国，但赵国没有屈服，双方便坐下来谈判。宴饮时，秦王叫赵王鼓瑟，并令史官记入秦史，称赵王为秦王鼓瑟。看到君王受辱，随行的赵国上大夫蔺相如逼秦王敲击缶，亦让史官记入赵史，称秦王为赵王击缶。一计未成，秦国又胁迫赵国割让 15 座城池给秦王祝寿，蔺相如又以牙还牙，叫秦国割都城咸阳给赵王祝寿。秦国终未占到便宜，只得与赵国握手言和。为表诚意，双方士兵奉命捧土埋藏兵器，遂成会盟高台，传至于今。行笔至此，诗人大发感慨：战将廉颇护送赵王到国境话别时说，如赵王遭暗算而不能准时回国，将拥立太子为王，以绝秦国要挟之念，并陈兵布阵以防秦军进袭。那席诀别的话关乎国家存亡大计，从这个角度来说，廉颇是立头功的人。事后廉颇对蔺相如官高于己大为不满，扬言要当面羞辱蔺相如，蔺相如极力避开冲突，公开说自己能舌战秦王，是以廉颇的军事力量做后盾的。廉颇知道蔺相如如此大度，羞愧满面，光膀负荆到蔺相如那里请罪。所以，诗人在《会盟台二首（其二）》中，着力刻画蔺相如的高大形象。廉颇以战止战，蔺相如以口舌止战，均有功勋。在中国历史上，以会盟结束战争，此非独例。平民百姓向往静好岁月，和平共处，你来我往，这是何等朴素的心愿。

扎什伦布庙落成纪事

〔清〕爱新觉罗·弘历

华言福寿等须弥，建以班禅来祝釐。

旧例已遥遵顺治，新工犹近比康熙。

层楼初耸辉佛日，万树分栽蔚慧枝。

一语欲询驻锡者，有为法也抑无为。

Miuh Cazsizlunzbu Guhbaenz Geiqsaeh

Cingh　Aisinhgyozloz Hungzliz

Sihmiz hix dwg fuk haeuj ranz, laeb hawj Banhcanz daeuj baiqsouh.

Eilaeh Sunci daeuj hwnq laeuz, youh lumj Ganghhih daeuj ganj hong.

Ranzlaeuz caengzcaengz baed ciuq rongh, faex mwn nye bongh gag siuyiuz.

Coenz vah siengj cam goengsoujmiuh, yaek fap youjveiz rox vuzveiz.

【延伸阅读】

乾隆五十四年（1780 年），六世班禅赴京朝觐拜贺乾隆皇帝七十大寿，这是自康熙皇帝册封五世班禅为班禅额尔德尼后，第一位进京朝觐的班禅。六世班禅出西藏，经今青海、宁夏、内蒙古到河北，乾隆帝下令仿照历代班禅驻锡地日喀则扎什伦布寺的模样，在承德避暑山庄北面狮子沟南坡建须弥福寿之庙供六世班禅驻锡，使其有宾至如归之感，并显皇恩浩荡之意。扎什、伦布均为藏语音译，意为福寿、须弥山。乾隆四十五年（1780 年），乾隆帝与班禅在佛殿诵经开光后，写就此诗。前两句交代了庙名的含义和修建的缘由，第三、第四句言明建庙乃因循成例而为，即顺治帝邀请五世达赖来京而建西黄寺作其驻锡之地，康熙帝为蒙古王公前来庆贺自己六十寿辰修建溥仁、溥善两寺作庆寿盛会之所。第五、第六句状写寺庙的形制与对未来的祈望，即层层楼阁耸立在佛法的阳光下，四周的万棵佛树将长出茂盛的智慧枝叶。后两句用谦逊的口吻巧妙作结，即向班禅请教，治国究竟应当无为而治抑或有为而治。六世班禅的朝觐，充分映显了西藏地方广大僧俗群众维护祖国统一、增强民族团结的信念和意志，进一步加强了中央政府与西藏地方的政治、经济、文化诸方面联系，巩固和提升了中央政府统一领导的权威，有力地促进了中华民族大家庭的团结。

过华清宫（其一）

〔唐〕杜牧

长安回望绣成堆，

山顶千门次第开。

一骑红尘妃子笑，

无人知是荔枝来。

Gvaq Vazcinghgungh（Hot Daih'it）

Dangz　Du Muz

Cangzanh dauqyawj gingjsaek gyaeu,

Vazcingh gij dou hai cien caengz.

Max buethuhu Feihswj angq,

Lingjnanz soengq daengz maklaehcei.

【延伸阅读】

今陕西省西安市临潼区的骊山，风景优美，历史悠久。唐朝在前代的基础上，不断在山上营建宫室楼阁，玄宗更其名为"华清宫"，时常携杨贵妃到此游幸，寻欢作乐。后来，著名现实主义诗人杜牧途经此地，有感而作三首七言绝句，此乃其一。作者先用长镜头从都城长安（今陕西省西安市）扫视远处的骊山，只见东绣岭和西绣岭两侧上的楼台与花木层层堆叠，山顶上魁伟宏大的华清宫，千重宫门依次排开，好不气派。状景后笔锋急转：那飞驰的驿马和着滚滚烟尘奔向山来，杨贵妃看到后嫣然一笑，很多人并不知道贵妃为何而笑，原来是她喜爱的荔枝到了。此诗语词并不深奥，亦无一句直接抨击天子，以其委婉含蓄而成为上品。"妃子笑"字面直白，内在涵义远非如此，杨贵妃这一笑，与周朝褒姒的笑何等相似；唐玄宗远运荔枝以获取红颜欢心，与周幽王烽火戏诸侯以博佳人欢一笑何等相似；周幽王因此蠢举而国破家亡，与唐玄宗为此愚行而国祚衰微又是何等相似！而杨贵妃这一笑，还为该组诗后两首安禄山的出场埋下伏笔，又跟安禄山到华清宫跳舞时"风过重峦下笑声"前后呼应，技法高超。无需点出安史之乱的恶果，绵里藏针的文笔辛辣地讽刺荒淫无度的唐玄宗，技艺过人。从侧面来看，靠飞马传递，数千里外南方产的荔枝到西北尚不变质，由此可见唐朝在劈山开路、增进交往方面确有一定贡献。

菩萨蛮·子规啼破城楼月

〔宋〕李师中

　　子规啼破城楼月，画船晓载笙歌发。两岸荔枝红，万家烟雨中。

　　佳人相对泣，泪下罗衣湿。从此信音稀，岭南无雁飞。

Buzsazmanz · Roegdinghgeng Daej Dwk Ronghndwen Vauq

Sung　Lij Swhcungh

　　Roegdinghgeng daej dwk ronghndwen vauq, singgo goksad ruz cix doengh.Song hamq laehcei hoengz, ranz moengzloengz bien rij.

　　Sau dangqnaj mboujsij, raemxda rihbyanbyan. Gvaqlaeng doxcam nanz, lingjnanz nyanh mbouj dauq.

【延伸阅读】

宋仁宗嘉祐三年（1058 年），45 岁的楚丘（今山东省曹县）人李师中衔命南下，就任广南西路提点刑狱公事。履职四载，他悯农亲民，修浚灵渠，开荒垦殖，抵御外侵，政绩卓著，老百姓把他称为"太岁神""桂州李大夫"。任职届满，他依依不舍地启程北还，含泪填写这首《菩萨蛮》，以表惜别怅惘之情。都说杜鹃鸣叫声颇似"不如归去""不如归去"，常被文人墨客视为悲秋之鸟。在那酷暑刚刚退去的初秋凌晨，还在梦乡里的作者被这催促赶路的鸟鸣声叫醒。抬头往窗外望去，被杜鹃啼破的残月斜挂在城楼上。残月西沉，旭日东升，打点行装，华丽的官府送行船就要起碇了。笙歌阵阵之中，船儿缓缓开行，诗人站在甲板上张望，漓江两岸挂满枝头、通红可人的荔枝被抛在身后，像烟雾一样的细雨慢慢淹没千间万幢民宅。此时此刻离愁别绪，一齐涌上心头。回到船舱里，送行者不忍友人离去而伤感交集，人美艺佳的乐伎受到感染，相对而泣，哭声盖过笙歌，泪水打湿霓裳，不能自已。别了，心爱的佳人。再见吧，可爱的八桂山水和民众。都说传信的鸿雁无法飞越五岭，位于五岭之南的广西，今后将难闻音信了，这是多么令人伤心的事啊！李师中舍不得广西这方热土，广西的父老乡亲也不忍李师中离去，正如唐人李商隐所说"相见时难别亦难"。

打箭炉词二十四章（其六）

〔清〕庄学和

平地才应几顷多，
南东不辨巷肩摩。
嘈嘈咻得羌人转，
半杂秦声半楚歌。

Swz Dajcenluz Ngeihcib Seiq Cieng
（Hot Daihroek）

Cingh　Cangh Yozhoz

Geij bak moux dieg mbouj suenq hung,

Luengqgai doxbungz mbaq doxngad.

Caeklaiq Bouxgyangh hoiz ndaej hab,

Namz baek sing cab dingq mbouj rox.

【延伸阅读】

"打箭炉"乃今四川省甘孜藏族自治州首府康定市旧名，地处打曲（今雅拉河）、折曲（今折多河）交汇处。因藏人称呼河为"曲"，两河交汇处为"多"，故称"打折多"。蜀地汉人迁入后附上诸葛亮在此造炉铸箭之意，遂有"打箭炉"之名。乾隆十三年（1748年），清廷为平定大金川，派兵部尚书班第前往办理粮运事务，随行的有主事庄学和等。期间，庄学和来到打箭炉，写下组诗《打箭炉词二十四章》，内容涉及当地政治、军事、商业等，全方位展现了打箭炉的民风民情，本诗是其中之一。短短四句诗，描绘了这里商业繁盛的景象。尽管这里地处山区，平地不多，但地不分东西，人不分南北，纷纷涌向这里的集市，肩挨着肩，脚碰着脚，十分拥挤，让人分辨不清街道的方向。街上热闹纷繁，人声鼎沸，嘈杂之音，不绝于耳，令人晕头转向。因为赶集的人们来自四面八方，各地方言并用，口音繁杂。听得出，其中一半是陕西口音，一半湖南、湖北口音。方言各异，给商品买卖带来不便，要完成一笔交易，得有藏族人居中翻译才行。小小的打箭炉为什么如此繁荣？原因是它地处蜀西极边，是川藏沟通孔道，时人称之为"藏路咽喉"，西藏地区民众的生活必需品和藏族地区的农牧产品由这里进行中转贸易，尤以茶叶买卖为最。不消说，这种商贾辐辏、集市热闹的场面，是各民族友好交往、民族经济融为一体的见证。

西昭竹枝词（其二十一）

〔清〕项应莲

各样银钱钱五分，

麻丫竖扛用纷纷。

如今新铸无人剪，

知为天朝国号尊。

Sihcauh Cuzcihswz（Hot Ngeih'it）

Cingh　Hang Yinglenz

Maenz guh song maenz ngaenz lai yiengh,

Raed vengq raed mbiengj yungh fouzsoq.

Seizneix Genzlungz ok cienz moq,

Cij rox dienciuz guekhauh hung.

【延伸阅读】

《西昭竹枝词》是项应莲专咏其亲眼所见西藏地方宗教活动、民俗风情、经济生活的组诗，此首以民间贸易中使用货币的变化为题，展示清政府为促进边疆地区经济发展推行的政策和举措，有一叶知秋之效。原来，西藏地区的货币中，银币占四成，铜钱占六成。其中银币每枚重一钱五分，但因铸地不同，花样各异，加上邻国尼泊尔的银钱进入市场，造成货币混用的局面。由于币值不一，缺乏辅币，买卖时需将一枚硬币剪开，剪1/3叫"夹麻丫"，2/3叫"竖扛"，1/2叫"扯界"，极为不便。廓尔喀人（住今尼泊尔中部）还以此为由，入境滋事。为解决这一问题，清政府在乾隆五十七年（1792年）派兵击退廓尔喀侵略者后，大将军福康安奏请在西藏铸造新币，得到朝廷允准。新币正面为汉字"乾隆宝藏"，背面铸有"梵字"（即藏文）。新币启用以后，不再使用旧钱，货币混乱局面结束，再也不用硬生生地把钱剪开了。统一币制，既昭示了中央政府对西藏地区的统治，又增强了当地民众的国家意识，还利于民族经济交融，加强内地与边疆的友好往来，促使中华民族大一统格局的形成。项应莲是第一位以竹枝词组诗形式记录进藏见闻的人。他观察事物细致入微，善于以小见大，通过一枚小小的货币，透视经济活动的变迁，进而揭示西藏政局由混乱走向稳定，祖国建设事业蒸蒸日上的局面。

甲寅上元

〔宋〕韩琦

元夕虽荒欲罢难，群情宜向此时看。
官缘岁歉思从约，俗乐春游肯自安。
风引香尘人不断，月和残雪夜方寒。
谁知病守忧民意，歌舞樽前是强欢。

Gyapyinz Cieng Cibngux

Sung   Hanz Giz

Ciengnyied cietheiq gimq hoih nanz, beksingq okranz bae
　　cuengqsoeng.
Guen vih bi cai yaek giemhyungh, fungsug doxcung youh
　　simfanz.
Rumz ci hoenz rang vunz mbouj ciet, ronghndwen ciuq siet
　　nitraeuraeu.
Gag lau vunzlai angq mbouj gaeuq, daisouj gaem cenj cang
　　najriu.

【延伸阅读】

作者韩琦为官历经宋仁宗、宋英宗、宋神宗三朝，宦海浮沉，他有位极人臣的权力顶峰期，也有被贬在外十余年的地方官生涯，但总是如范仲淹所云"居庙堂之高则忧其民，处江湖之远则忧其君"，无论仕途顺利或坎坷，韩琦始终心系百姓，心忧国家的前途与命运。此诗作于北宋神宗熙宁七年（1074年），系韩琦归入道山的前一年所作。当时他已年近古稀，在相州（今河南省安阳市与河北省临漳县一带）任知州。时值上元灯节，本应放花灯，庆祝一年丰收，但因遭遇灾荒，农作物歉收，官府希望节庆从简，以省民力。然而，民众如何肯待在家中？诗人运用对比手法，先亮出上元灯节人声鼎沸的热闹喧嚣场面，再摆出初春月夜下冰雪未消的清冷场景，两相比照，呈现出对比鲜明、气氛迥异的画面，反差极大。在这样的氛围中，作者不得不露面了。作为一州之长，作者因年成不好而忧心忡忡。作为父母官，作者为体察民情也得拖着病体与民同乐。这无奈的选择，与那些贪官禄蠹又形成鲜明的对比。古往今来，地方官员多有为官一任、造福一方的志向，而在科技尚不发达的古代，人们在恶劣气候面前往往束手无策，但量力而行，让老百姓过好节，不正是为来年大干一场做精神动员吗？

汴河怀古（其二）

〔唐〕皮日休

尽道隋亡为此河，

至今千里赖通波。

若无水殿龙舟事，

共禹论功不较多。

Dahbenhoz Ngeix Ciuhlaux（Hot Daihngeih）

Dangz　Biz Yizyouh

Suiz mied cungj gvaiq diuz dah neix,

Doeng ruz cien leix goq daihlaeng.

Mbouj cauh lungzcouh daeuj guhfangz,

Beij daengz goenglauz lumj Dayij.

【延伸阅读】

　　"汴河"是唐、宋人的叫法，隋炀帝杨广开凿它时叫"通济渠"，为隋唐大运河的第一期工程，北起板渚（今河南省荥阳市汜水镇东北），南至盱眙（江苏省淮安市辖县），连接黄河与淮河。通济渠与随后凿通的永济渠、江南河相连，地跨今八个省市。此诗咏史怀古，作者突破人云亦云的框架，另立新论：都说隋朝灭亡是因隋炀帝耗费民脂民膏，修建汴州到淮安的运河，以致动摇国本，然而如今千里之隔的交通则需依赖这条运河。如果没有隋炀帝南巡扬州，纵情游乐，哪来这条河呢？从这个意义上说，他的功绩可与大禹治水相提并论。作为晚唐的诗人代表，皮日休继承杜牧、李商隐"咏史绝句好作翻案之论"的传统，为历代批判的隋炀帝正名。作者以后来人的视角，一方面否定隋炀帝为修通济渠不顾上百万苦役死活，劳民伤财，以致众怨四起的残暴行径，以及修通后带着大量妃嫔、王侯大臣三下扬州巡幸，大肆玩乐，奢侈腐化的丑行，另一方面肯定了修建运河有利漕运、方便出行的功绩。全诗最终落脚在为隋炀帝叙功之上，是为重点。汴河作为大运河的一部分，其功用已经被历史所证实。汴河开凿以前，春秋末期的吴国已有开挖胥溪、邗沟、黄沟三条运河之举。后世不断疏浚、新凿，形成了世界上开凿最早、规模最大、跨度最长的人工运河，为开发沿岸经济发挥了不可估量的作用。2014 年，大运河文化遗产项目入选世界文化遗产名录，这是中国人民的骄傲。

春三月四日仰山余尹招游疏江亭观新修都江堰

〔明〕杨慎

疏江亭上眺芳春，千古离堆迹未陈。
蠹蠹楼台笼蜃气，嶒嶒原隰接龙鳞。
井居需养非秦政，则堰淘滩是禹神。
为喜灌坛河润远，恩波德水又更新。

Cin Samnyied Coseiq Yangjsanh Yiz Yinj Iu Youz Suhgyanghdingz Yawj Duhgyanghyen Ngamq Coih Baenz

Mingz　Yangz Sin

Yawj gingj seizcin Suhgyanghdingz, ciennienz mbouj ning fai
　　Lizduih.
Ranzmiuh sanggvangq roemj mokheiq, nazreih bingzbaiz lumj
　　gyaeplungz.
Yinx raemx gvaq doengh haeux rim mbung, goenglauz ceiq hung
　　dwg Goengleix.

Fwn lai fwn noix cungj mbouj heiq, fai maenh mieng

　　doeng leih vunzbiengz.

【延伸阅读】

　　杨慎是四川新都（今四川省成都市新都区）人，曾任翰林院修撰，后因议"大礼"事件被谪戍云南永昌卫（今云南省保山市）。旋应邀回成都纂修省志，返滇途中病发，又回成都养疾。康复后，于明世宗嘉靖二十一年（1542年）三月初四游青城山及都江堰，赋诗纪游。都江堰位于成都平原西部的岷江上，是秦朝蜀郡太守李冰父子在前人的基础上组织修建的大型水利工程，主体由分流岷江的鱼嘴、进入灌溉渠前泄洪排沙的飞沙堰和控制进入灌溉渠水量的宝瓶口三个部分组成。都江堰在每年冬春枯水、农闲断流时进行岁修。杨慎此次观览，正值春末修浚结束之时，故谓"观新修都江堰"。诗人从疏江亭上眺望都江堰的春色，屹立千百年的离堆依旧发挥挡住泥沙、控制水流的作用。雄伟的李冰祠仿佛蜃气中的亭台楼阁，都江堰的灌溉体系，使成都平原宽广平坦和低洼潮湿的田畴沟洫，排列得像龙鳞一样整齐美观。诗人感慨万端地说，汲水灌溉不是秦朝人的农政，可修整堰体、深淘河滩却是李冰的发明创造，其功绩可与大禹治水比肩。像姜太公任灌坛令时阻拦海神那样，李冰修筑都江堰使河水再无泛滥之灾。经过此番修浚，岷江水利工程焕然一新。岁月如梭，如今都江堰还在默默灌溉近千万亩农田，李冰和他领导的治水百姓，为开发祖国西南做出了巨大贡献。都江堰于 2000 年以其为"当今世界年代久远、唯一留存、以无坝引水为特征的宏大水利工程"被列入世界文化遗产名录。

安济桥

〔宋〕杜德源

驾石飞梁尽一虹，苍龙惊蛰背磨空。

坦途箭直千人过，驿使驰驱万国通。

云吐月轮高拱北，雨添春色去朝东。

休夸世俗遗仙迹，自古神丁役此工。

Giuzanhci

Sung　Du Dwzyenz

Log rin gaq liengz baenz saidoengz, lumj lungz gingcig bongh gwnz fwj.

Roen bingzbwdbwd vunz geujgw, max buetfwfw doeng fanhloh.

Ronghndwen okmoq ciuz baihbaek, raemx fwn doxgaep roengz haijyangz.

Gaej gangj lajbiengz riuz gojfangz, gizneix giuz vang dwg sien cauh.

安济桥是位于河北省赵县城南洨河上的石拱桥，又名"赵州桥"（因赵县古称赵州之故），于隋朝由李春设计建造。到了宋朝，始有"安济桥"之名，杜德源任赵州刺史时，写下此诗，高度赞扬安济桥巧夺天工的奇迹。诗以比喻起首，说安济桥就像一条石制彩虹，飞驾空中；又像从蛰伏中苏醒的苍龙，脊背和天空相摩擦，蔚为壮观。接着，诗人夸赞安济桥的巨大功用：石桥使渡江驿路变成坦途，像射出的箭那样笔直，使驿站传送朝廷文书的人少走弯路，轻易驰骋各地。当在南边的月亮从云层中露出之后，横跨洨河南北两岸的安济桥就形成向北高高拱起的景象。到了春天，雨量增多，桥下的洨河水滚滚向东流去。千百年来，讴歌安济桥的作品层出不穷，杜德源此诗问世以后，附和、仿摹者甚众，明朝诗人祝万祉的《安济桥》即是其一，他化用"驾石飞梁尽一虹"而出"百尺高虹横水面"，化用"云吐月轮高拱北"而出"一弯新月出云霄"，化用"驿使驰驱万国通"而出"驿路南来万国遥"，如此等等。作为世界上现存跨度最大、保存最完整的单孔坦弧敞肩石拱桥，安济桥见证了中华民族1400多年的发展历程，是古代劳动人民创榛辟莽的结晶，是我国宝贵的历史文化遗产。

商於新开路

〔唐〕李商隐

六百商於路，崎岖古共闻。

蜂房春欲暮，虎阱日初曛。

路向泉间辨，人从树杪分。

更谁开捷径，速拟上青云。

Sanghyiz Hai Lohmoq

Dangz　Lij Sanghyinj

Roek bak leix gyae loh Sanghyiz, gizgiz gumzgamx biengz cienz
doh.

Banhaemh mongmuq caij rongzdoq, mbwnfuemx mojlox doek
gumzloemq.

Baengh mboq baengh rij daeuj nyinh roen, rongh roengz byaifaex cij
raen vunz.

Byawz hai roensoh doeng daengz mbwn, ndaej hwnj gwnzmbwn
yawj fwjheu.

唐宣宗大中元年（847年），34岁的李商隐因仕途不顺，应桂管观察使郑亚之邀前往桂林任职。途中有感于半个世纪前商州（今陕西省商洛市商州区）刺史李西华劈山开路，为民造福而作此诗。那是唐德宗贞元七年（791年），李西华开辟了蓝田关至内乡的新路，这条路长达700余里，解决了当地路难行的问题。早在战国时期，秦国派张仪去楚国，诈称以商於（今陕西东南部及河南西南部）方圆600里之地诱骗楚国与齐国断交，指的就是这个地方。千百年来，这里的交通状况十分糟糕，人所共知。这崎岖不平的小路，晚春时路面凹凸犹如蜂房一般，落日余晖一照射就像猎人捕虎的陷阱。因荒僻无标记，行人要靠山泉辨认它的方向，人影则要从树梢间隐约窥视。历史是勤劳的人民创造的，李西华为官一任，造福一方，领导民众在荒山野岭中开凿新道，缩短了荆楚地区通往京都的路程，有益于古代中国的开发，名垂千古。诗人借古喻今，以商於之路崎岖难行暗喻当时社会的黑暗和个人仕途的坎坷，以李西华修筑前往商州青云驿站的便捷通道来表达自己能平步青云的期盼，此为诗家常用笔法。

儋耳

〔宋〕苏轼

霹雳收威暮雨开，独凭栏槛倚崔嵬。

垂天雌霓云端下，快意雄风海上来。

野老已歌丰岁语，除书欲放逐臣回。

残年饱饭东坡老，一壑能专万事灰。

Danh'wj

Sung　Suh Siz

Mbwnfuemx byajraez fwndoek gvaq, hwnj sang bae lah raen
　　cwxcaih.

Gwnz fwj saihoengz roengz lajbiengz, rumzhaij ci daeuj
　　liengzsausau.

Gyoengqlaux ngamq angq haeux rim cang, youh nyangz vuengz
　　heuh gou dauq dienh.

Miz gwn miz youq gou cix nyienh, fanh gaiq mbouj lienh gvaq
　　ciuhvunz.

公元 1100 年宋徽宗即位后，原先被打击的元祐党人得以平反，年过六旬的苏轼，奉诏从流放地内迁。怀着欣喜之情，他在雷雨黄昏后登高远望，暗淡的霓和强劲的风同时出现，这就是新旧交替的征象，多么值得快慰啊。三年前，苏轼携幼子苏过从雷州乘船渡过琼州海峡，来到儋耳（今海南省儋州市），与当地民众休戚与共，亲如一家，努力抗灾，发展生产，在这特殊的日子里，终于获得了好收成，大家为此凫趋雀跃。而在欢声笑语之中，朝廷下达了赦免苏轼的诏令，真是双喜临门。然而，作为风烛残年的老人，历经风波，多次被贬的苏轼已经心灰意冷，万念俱灭，只图有一口饭吃就够了。时代的悲剧，使尝遍酸甜苦辣的诗人，对世态炎凉发出深沉的感慨。人生是短暂的，屡遭贬逐是何等的不幸，过着"顿顿食薯芋"的生活尤其清苦。然而，人还是要有一点抗争精神的，初到儋耳，诗人笑对残酷的现实，坚忍不拔，与当地民众一齐开发不毛之地，他领人开掘的浮粟泉，被称为"海南第一泉"。目睹今儋州市东坡书院中的"东坡笠屐"雕塑，可见其彼时艰苦奋斗的身影。大山压顶不弯腰，直面困境不低头，苏轼不仅诗词写得好，人品也值得称赞。

张骞出使图

〔明〕凌云翰

漫从西域度流沙，

八月虚回奉使槎。

天上白榆那可摘，

归时只得带榴花。

Cangh Genh Cieplingh Cunz Guekrog

Mingz　Lingz Yinzhan

Dajcoengz baihsae gvaq diegsa,

Bet nyied cou ma cunz guekrog.

Ndaundeiq gwnzmbwn aeu mbouj ok,

Dawz bog valoux dauq diegranz.

【延伸阅读】

从汉武帝建元三年（公元前 138 年）起，张骞带着西汉政府的庄严使命，出使西域。所谓西域，是指玉门关、阳关以西广大地区。其两度出使，历时十八载，备尝艰辛，首次尤然。仅在匈奴被软禁，便遭受十年磨难，使团 100 多人中，只剩他和妻子（匈奴人）、向导兼翻译 3 人生还。其足迹达今乌兹别克斯坦、塔吉克斯坦、哈萨克斯坦等地，取得了巨大的外交成就，被封为博望侯。后世对其功绩赞赏有加，此首七绝即是其一。诗人借用道家学说创始人老子度流沙之典，颂扬张骞排除艰难险阻，像老子那样飘然世外。流沙，被后人泛指西域。使槎，即使臣，典出晋人张华《博物志》，说的是有人于每年八月见有浮槎（竹筏、木筏）在海上与天河间航行，那人乘槎而上，遇见织女星、牵牛星，后人遂以此比喻使臣。张骞的外交领域广，成果多，诗人善于捕捉要点，网罗其余，从传说回到现实当中，直言天上白榆（星星）不可摘，无法带回，故张骞只能从西域带回石榴花作为代替。作为丝绸之路的开拓者，张骞对东西方文明交流所起的促进作用，难以尽述。龟兹（今新疆部分辖地）的乐曲和胡琴等乐器传入中原，即见其一。物种方面，无论是汗血马、红蓝花（药材），还是葡萄、核桃、芝麻、蚕豆、大蒜、芫荽、黄瓜、苜蓿等，均为张骞引进。

　　中华文明博大精深、源远流长，是由各民族优秀文化百川汇流而成。中华民族在长期的发展中，形成了多种多样的文化名片，而节日、民俗就是其中的典型。各民族绚丽的文化相互交融，相互照耀，相互欣赏，共同组成了多姿多彩的中华文化。

　　节日是庆典也是抒怀。腊八粥里见丰收，丰收以后就过年。齐团圆，闹元宵。清明雨，地回春。赛龙舟，过端午。盼乞巧，过七夕。中秋佳节蟹儿肥，八月十五月当空。九九重阳登高赏秋又敬老，周而复始又新年。藏族人民在正月还会表演飞绳杂技、跳钺斧，元宵灯节点酥油灯、鳌山灯。壮族人民能歌善舞，"三月三"就是属于他们的浪漫与自由，在这天，他们食五色糯米，且不论男女，梳妆打扮，行歌互答，歌声漫天，情意相通。

　　民俗是生活也是浪漫。行歌互答，在楚地也蔚为兴盛，越人与王孙同游，以歌传情。关外民族游牧北方，敕勒川下，天高地广，风吹草低，牛羊成群。天涯海角之地，三四个扎着小辫的黎族儿童，口吹葱叶送迎客人。藏族民众习惯以哈达为礼，虔诚且淳朴。吴丝蜀桐共筑箜篌，协奏人间乐曲。赫哲族人于东北，以桦树作屋，鱼皮制衣，捕鱼为生，利用海东青捕猎。汉家女儿加笄之时，梳发髻、试新裙，娇羞而欣喜地准备婚事。这些民俗不只是他们的生活，也是他们的浪漫。

历朝历代的诗人，无不为这些节日的隆重与热闹而打动，也与节日中流动的情感产生共鸣。他们为各族人民的生活下笔记录，诉说着各民族生活的浪漫。让我们借助诗歌的力量，回到当时，感受各族文化的交相辉映。

悠久的历史，频繁的交往，凝淀出璀璨的文化。早在先秦时期，楚国令尹子晳泛舟时，一位越人歌手对他拥楫欢唱，另一位通晓楚语的越人当场译出歌词，给世人留下著名的《越人歌》，足见我国各族文化渊源之长，亦见文化交流之深。

"天苍苍，野茫茫，风吹草低见牛羊"，这首北朝时期由鲜卑语译成汉语的民歌，以其形象生动的笔触描述北国草原壮丽富饶的风光。元好问为之折服，遂有"慷慨歌谣绝不传"的诗句。菁华永存，吟诵至今，中国的优秀历史文化由各族人民共同缔造，这就是最好的诠释。

节日文化丰富多彩，是中华文化的显著特点。汉族过新年时贴春联，清明节祭祖踏青，浪漫的七夕，敬老的重阳，在历史演进的漫漫长河中，被其他民族借鉴化用。如此一来，既促进了民族间的交流，又推动了优秀文化的传播。可以说，中华文化的多姿多彩，和文化交流与传播密不可分。

众所周知，今天在戏台上弹、拉、吹奏的许多乐器，有着上千年的历史，也是各族文化交流的遗存。琵琶如此，箜篌亦然。由此不难想见，千百年来，有多少优秀剧目、器乐随着斗转星移而流传至今。

文化涵盖的面实在太广阔了，大江南北，长城内外，精华随处可览，光彩相互映照。各民族长久以来的广泛交流，更是推动了文化上的相互融合，为中华文化提供源源不断的精神滋养，产生了众多盛行至今、名闻世界的文化遗产。

越人歌

〔先秦〕佚名

今夕何夕兮，搴洲中流。

今日何日兮，得与王子同舟。

蒙羞被好兮，不訾诟耻。

心几烦而不绝兮，得知王子。

山有木兮木有枝，心悦君兮君不知。

Fwen Bouxvied

Senh Cinz　Mbouj rox coh

Haemhneix baenz haemh lawz, dawz ruz langh gyang dah.

Ngoenzneix baenz ngoenz maz, raennaj youq gwnzneix.

Vunz dawzcauh najmong, yaek dongx cix launyaenq.

Ndaej caeuq beix doxraen, aen sim luenhnyagnyag.

Ndaw bya miz gofaex, faex ok nye ok nga.

Sim niemh mbauq dangqmaz, beix ha mwngz ndij rox.

【延伸阅读】

　　这是我国古籍中第一首经楚人翻译的越人歌，其古越语发音记载于西汉刘向的《说苑·善说》中。20世纪，中国社会科学院民族研究所韦庆稳研究员将原歌记上古越语音与试拟上古壮语及现代壮语方言相对照，发现可以读通，直译为"今夕何夕，舟中何人兮？大人来自王室。蒙赏识邀请兮，当面致谢意。欲瞻仰何处访兮，欲侍游何处觅。仆感恩在心兮，君焉能知悉"。古越音能与今壮语互通，乃壮族为越人后裔的有力证明。《越人歌》末两句未见有越音记录，可能是记录者或抄录者的疏忽。这两句越语楚歌，采用了比兴的手法，与《楚辞·九歌》中"沅有芷兮澧有兰，思公子兮未敢言"相似。从楚国人的翻译看来，古越人在文学方面已发展到相当高的水平。楚国人能翻译此歌，则说明春秋末期楚人与越人交往的频繁。而此歌歌颂鄂君子皙礼贤下士、礼待越国平民的高贵品格，以及越人对鄂君子皙的由衷感激，表明这种交往进入了相当深的层次。中华民族历史悠久，文化底蕴深厚，这与各民族文化的不断交流和相互涵化是分不开的。

敕勒歌

〔北朝〕佚名

敕勒川，阴山下，

天似穹庐，笼盖四野。

天苍苍，野茫茫，

风吹草低见牛羊。

Fwen Cizlwz

Bwzciuz Mbouj rox coh

Rangh Cizlwz diegbingz, youq dinbya Yinhsanh.

Mbwn luenz lumj bungzgyanh, gyuemluemz dangj seiqfueng.

Gwnzmbwn ronghdiengjdiengj, lajbiengz gvangqmyangmyang,

Rumz ci nywj daemqdangq, ngaem gyaeuj raen cwz yiengz.

【延伸阅读】

　　北朝时期，原居住在今贝加尔湖一带的敕勒人，几经迁移，足迹已达阴山以南。其居住地从阴山脚下绵延至今河套平原、土默川一带，因此此地被冠以"敕勒川"之名。这首当时流传广泛并传颂至今的《敕勒歌》，产生于辽阔的大草原上，是敕勒人怡然自得、豁达心境的直接表露。阴山的巍峨雄壮，敕勒川的辽阔广大，给人以无限的视觉冲击。而那浩瀚无垠的天空，就像游牧民族居住的圆顶帐篷一样，把阴山、敕勒川一并笼罩，令人叹为观止。天空，还是如此苍苍。旷野，依旧这般茫茫。一阵微风吹来，牧草颔首，成群结队的羊群、数不胜数的牛群映入视野，牛羊悠然自得的神态尤其惹眼。北方游牧民族生活安稳、岁月静好之状就这么直白地呈现在人们的眼前，令人难以忘怀。这首原先用敕勒语来演唱的民歌，后用鲜卑语记录，又被译为汉语，辗转翻译，虽失去了原歌的韵律、句式结构，但它那宽阔的意境、传神的图像，犹如一盏永不熄灭的明灯，划破一团漆黑的天空，照亮无边无际的草原，嵌印在无数人的心里。中国各民族璀璨夺目的文化，是千百年来相互汲取养分、彼此传承不辍的结晶。若有机会到内蒙古自治区土默特右旗参观敕勒川博物馆，定能加深你对这首古老民歌的理解。

论诗三十首（其七）

〔金〕元好问

慷慨歌谣绝不传，

穹庐一曲本天然。

中州万古英雄气，

也到阴山敕勒川。

Lwnh Sei Samcib Hot（Hot Daihcaet）

Ginh　Yenz Hauvwn

Singfwen goksad cienz doh biengz,

Lajlinz boekbinj fwen gag baenz.

Heiqliengh Cunghyenz ak caiq maenh,

Caemh baenz singgo daengz Yinhsanh.

【延伸阅读】

《敕勒歌》以其旷达的视野、独特的魅力而被不断传唱。到了北宋，学者郭茂倩将其视为经典之作，辑入著名的《乐府诗集》中。作为北魏皇室后裔的元好问，生于金朝，仕途坎坷，金朝灭亡后沦为囚徒，50 岁时受元朝重用，但他并不领情，而是潜心学问，成为集诗词、散曲、小说及史学大成的文人。此诗以诗评诗，凸显个性。诗中以"穹庐一曲"指代《敕勒歌》，称其为朴实无华、慷慨激昂的天然之作。它之所以能不断流传，关键在于与那种柔弱颓废、萎靡不振的诗风形成鲜明的对比。在各民族的文化交流中，汉文化与敕勒人的文化相互交融，从而使得《敕勒歌》经久不衰，广为流传。从这个角度说，民族交流是中华文化得以保存、得以光大的根本所在。再以文学视野观之，《敕勒歌》所表现的辽阔苍茫的草原景色令人陶醉，将高阔无垠的天空视为游牧民族的毡房，这雄浑豪放的气概多么令人赞叹，这浪漫的意境多么令人神往。那"风吹草低见牛羊"的表达是多么朴实无华，多么真切自然，又催生了多少读者到此一游的冲动？

元日

〔宋〕王安石

爆竹声中一岁除，
春风送暖入屠苏。
千门万户曈曈日，
总把新桃换旧符。

Ngoenzcieng

Sung　Vangz Anhsiz

Ndaw sing bauqrengh daengz byai bi,

Rumzcin ci raeuj laeujdozsoq.

Cien gya fanh ranz ndit ciuq doh,

Cungj nem doiq moq lawh doiq gaeuq.

【延伸阅读】

王安石是北宋名相，曾主持著名的熙宁变法，以图一改北宋建国以来积贫积弱的局面。这首诗作于他初拜相推行新政之初，字里行间，充满了他对国计民生之挂念，对美好生活之憧憬。元日乃正月初一，亦即春节，是辞旧迎新之始，万物复苏之端，朝气旺盛之时。随着噼里啪啦的爆竹声，众人在欢天喜地中送走了旧的一年。迎着暖融融的春风，家人齐聚桌边，开怀畅饮避疫的屠苏酒。初升的太阳照耀着千家万户，人们把已经残破的旧春联取下，换上崭新的春联来压邪。这就是中国人民喜气洋洋地欢度一年之中最大节日的场景，节日是传承历史、记住根脉的活动。在我国，满族的颁金节、基诺族的打铁节、傣族的泼水节、景颇族的目脑节、拉祜族的库扎节、瑶族的盘王节、侗族的芦笙节、仡佬族的灯杆节、畲族的分龙节……各族人民或张灯结彩，或载歌载舞，或锣鼓喧天，或繁弦急管，无不过得热热闹闹。过节是情感释放的形式，是快乐生活的体验，哪怕是兵荒马乱的年代，人们也想方设法过节，在无尽的欢乐之中告别过去，接续未来。节日文化的延续，犹如奔腾的江河，从未间断。

木兰花慢·拆桐花烂漫

〔宋〕柳永

拆桐花烂漫，乍疏雨、洗清明。正艳杏烧林，缃桃绣野，芳景如屏。倾城，尽寻胜去，骤雕鞍绀幰出郊坰。风暖繁弦脆管，万家竞奏新声。

盈盈，斗草踏青。人艳冶、递逢迎。向路傍往往，遗簪堕珥，珠翠纵横。欢情，对佳丽地，信金罍罄竭玉山倾。拚却明朝永日，画堂一枕春酲。

Muzlanzvahman · Vadoengz Hai Hoengh

Sung　Liuj Yungj

Vadoengz hai rim doengh, fwnmoenq mbwn yaep cingx. Hoengzfwg mbaw faexgingq, ingj vadauz hoengzmaeq. Cimax caenx ok singz, ra gingj gyaeu youzlangh.Sing yienz cienz gyaenanz, ranzranz rwenz fwenmoq.

Dahsau nyaeb nywj va, gasae ndang lagreux. Gizgiz angq hemqheuh, geuqgeuq mbwk cang lengj.Boux beij boux gyaeundei, ndiepgyaez conh simdaeuz.Gingz boi caez ndoet laeuj, gwn maeuz liux cixbah.

【延伸阅读】

　　桐树有泡桐、油桐等品种，其花盛放于暮春，古时人们在桐花绽开之时前往郊外踏青赏春，此词描写其盛况。词中"拆"即"坼"，裂开之意，引申为开放。"拆桐花"的用法系柳永首创，以动词前置作句首乃至篇首，旨在突出桐花绽放之灿烂，达到形象生动的效果。紧接着的"乍疏雨、洗清明"交代了季节及其气候特征。这个时节，百花竞放，作者用"烧林"喻杏花争春之态，以"绣野"状细桃怒放之况，以"芳景如屏"为之统括，大大增强了春野景色的立体画面感。描绘出一幅极具生命力的画面：城里人骑马乘车，空巷而出，奔向郊外，游赏胜景。暖风微吹，送来管弦乐器的声音。千家万户，竞相演奏动人的新曲。尤其动人的是，踏青人群中，体态轻盈的佳丽们在寻觅奇花异草，玩起斗百草的游戏。她们美丽多姿，在人群中来回穿梭，互致问候。人多路窄，摩肩接踵，路边随处可见遗落的簪子、耳环、珍珠、翡翠。良辰美景中有这么多佳人，足饱眼福，诗人欢乐之情油然而生，不知不觉中喝了一杯又一杯酒，晕乎陶醉，恍若玉山倾倒。人们触景生情，哪怕明天终日在画堂里醉酒不醒，今天也要喝个够。这首描写清明时节郊外踏春的词作，是北宋经济繁荣、社会稳定的写照。在物质生活得到满足之后，人们开始追求文化生活的丰富多彩，踏青便是其一。如今人们钟情于春秋踏青郊游，何尝不是对传统文化的传承？

七夕

〔唐〕罗隐

络角星河菡萏天，一家欢笑设红筵。

应倾谢女珠玑箧，尽写檀郎锦绣篇。

香帐簇成排窈窕，金针穿罢拜婵娟。

铜壶漏报天将晓，惆怅佳期又一年。

Caet Nyied Cocaet

Dangz　Loz Yinj

Va'ngaeux hai hoengh ndau ronghmyan, ndaw ranz baij congz
　　guh'angq hoengh.

Saulengj dauj cengh nyawh ndaw loengx, deq mbauq coq roengz
　　fwensei maenh.

Riep rang baenz baiz sau dawzcim, sim gouz dahsien son dinfwngz.

Mbouj nanz goengmbwn couh ronghrwng, roebbungz youh ngaiz caj
　　bilaeng.

【延伸阅读】

　　七夕，又称"七夕祭""七姐节""七娘会""七巧节""乞巧节""巧夕""女儿节""牛公牛婆日"等，因活动在农历七月初七晚上举行，故名。节日习俗有摆设瓜果、祈福许愿、穿针乞求巧艺、坐看牵牛织女星、祈祷姻缘、储七夕水等。因牛郎与织女的爱情传说，七夕又产生了中国情人节的深刻文化含义。此诗以天上的星星引出牛郎、织女相爱的传说故事，然后围绕爱情这一主题，描述人间过节的情形。诗中首先点出在荷花盛开之季，情人隔河相会，而银丝缚住天两端以便其能相会，尤富浪漫色彩。天上如斯，人间亦然。在欢声笑语中，家人准备了丰盛的筵席来过节。才华横溢的姑娘清空箱子，让心仪的小伙子放进精美诗篇。当香帐排列整齐后，姑娘开始穿针引线，在庭院里向织女星乞求智巧。这是多么难忘的夜晚啊，可惜时光飞逝，计时的铜壶滴漏报告天要亮了，恩爱的牛郎、织女将要无奈地分别，他们怀着依依不舍的惆怅心情，要等一年后才能有这样美好的相会呢。天上人间，视角切换，情景交融，形成色彩斑斓的民俗文化。这一习俗从中原流传到边疆，让文化在各民族交流中得以创新，更加丰富多彩。譬如，壮族地区在七夕把盛产的稻米染成不同颜色，绘制成各种吉祥图案，并将乞巧变成赛巧，增添了不少欢乐成分。这种发展中的变化，是各族民众聪明才智的表现，是中华民族文化欣欣向荣的标志。

谢新恩·冉冉秋光留不住

〔五代〕李煜

冉冉秋光留不住，满阶红叶暮。又是过重阳，台榭登临处，茱萸香坠。

紫菊气，飘庭户，晚烟笼细雨。噰噰新雁咽寒声，愁恨年年长相似。

Sesinh'wnh · Seizcou Ciemh Deuz Gyae

Hajdaih   Lij Yuz

Seizcou menhyed ciemh bae gyae, mbawraeu hoengzfwg rim mbaeklae. Youh daengz ngoenzciet gouj nyied gouj, venj dawz daehrang yawj gingjgyae.

Heiqrang vagut rang doh mbanj, fwnmoenq gyuem fwj gyaeu lumj man. Roegnyanh singsing swenj doxbiek, bibi simcieg ndang gag saenz.

　　李煜是五代时期南唐的末代君主，以文学成就被后人夸赞，尤以词作为最。中国之大，文化繁盛，自不待言。中华民族的各种节日文化，更是在世界民族之林中独树一帜。此词通过对重阳节习俗的描述表达秋愁，别具一格。开头，词人先以"秋光留不住"的感叹吸引读者，且在其前加上叠字"冉冉"，大有欲留住时光而无可奈何之态。怎么留不住呢？看那漫山遍野的红枫吧，一个"暮"字便已足够。时光确实不会倒流，可重阳节的欢乐气氛却没有消退。按照传统习俗，在秋高气爽之时登高远望最为适宜。重阳节又到了，让我们登上高台和水榭，向着远方眺望，只见到处都是遍挂茱萸和香坠的景象。家家户户的庭院中，紫菊的香味四处弥漫，晚秋的蒙蒙烟雨，都给人以无尽的遐思。人类如此，动物亦然，新雁嘎嘎鸣叫，发出凄寒之音，愁啊，恨啊，不知道为什么每年都这样相似。离愁别绪，是古代文人最喜欢宣泄的情感，他们用各种文学体裁记录下来。这是人世间难舍难分的别离之情，能把告别时光的愁绪表达得如此细腻，词人李煜确实文字功力了得。

西溪子·捍拨双盘金凤

〔唐〕牛峤

捍拨双盘金凤，蝉鬓玉钗摇动。画堂前，人不语，弦解语。弹到昭君怨处，翠蛾愁，不抬头。

Sihhihswj · Gaiq Bued Gwnz Veh Duzfungh

Dangz　Niuz Gyauz

Gaiq bued cang lengj gwnz veh fungh, byoemcienj mbinfwng camnyawh saenz.Naj ding gimz yiengj cungqvunz caem, duix gyaeuj naemjmaeh yienz siliengz.

【延伸阅读】

牛峤是晚唐词人，词牌名西溪子以他的这首词为正体。此词之美，在于词人紧紧围绕琵琶、琵琶师形象、弹琵琶动作、听众神情、琵琶师技艺及进入音乐境界的神态展开。词中描述女琵琶师弹奏的琵琶十分精致，其捍拨（拨动琴弦的用具）上刻画的金凤图案也很精美。漂亮的琵琶师，头上梳着蝉鬓发式，发鬓上插着玉钗，蝉鬓和玉钗随着音乐的节奏有规律地摇动。美妙的琵琶声，使听众如痴如醉，静无言语。当弹到王昭君的幽怨曲调时，琵琶师陷入无限悲伤忧愁之中，低头沉思。人美、饰物美、琵琶美乃至演奏技法美，使读者沉浸在无涯的美感之中。不承想，词人笔锋一转，托出汉朝王嫱（字昭君）年轻貌美、才艺双全却孤身宫中的悲惨遭遇，那《五更哀怨曲》中"命里如此可奈何"的哀叹，使适才的纯美顿时转向，琵琶师"不抬头"，听众也随即被带进另一种哀思境界，甚或潸然泪下。这种落差造就的意境美，是词人文字功夫了得的体现，后人为之叹服，宋人晏几道《菩萨蛮·哀筝一弄湘江曲》中的"弹到断肠时，春山眉黛低"，便化用此词。读了此词，追根溯源便可了解，琵琶原是中国具有悠久历史的拨弦类弦鸣乐器，在音乐文化史上有着举足轻重的地位。

李凭箜篌引

〔唐〕李贺

吴丝蜀桐张高秋，空山凝云颓不流。
江娥啼竹素女愁，李凭中国弹箜篌。

昆山玉碎凤凰叫，芙蓉泣露香兰笑。
十二门前融冷光，二十三丝动紫皇。

女娲炼石补天处，石破天惊逗秋雨。
梦入神山教神妪，老鱼跳波瘦蛟舞。
吴质不眠倚桂树，露脚斜飞湿寒兔。

Yinx Gunghhouz Lij Bingz

Dangz　Lij Ho

Lij Bingz gyangsingz danz gunghhouz, haemhcou singgimz rwenz
　doh mbwn.
Fwjhau dinghsub mbouj yagmbin, dahsien simyou Mehsiengh
　laemh.

Gunhsanh nyawh soiq fungh heuhhaen, yanghlanz sim'angq
    fuzyungz daej.

Cibngeih dousingz nae yungz caez, ngeihsam diuz yienz daenh
    goengmbwn.

Nijvah lienh rin giz bouj mbwn, rin dek mbwn laeuh fwncou limz.

Loq haeuj byabaed son mehgimq, byalaux diuqlin lungzbyom foux.

Vuz Gangh mbouj ninz ing lajfaex, duzdoq ndang mbaeq dingq
    baenz maez.

【延伸阅读】

　　此诗前四句，交代了弹奏箜篌的时间、地点、人物与效果：秋高气爽之日，梨园艺人李凭在都城长安使用吴地之丝做弦、蜀地之桐木做身干的箜篌演奏乐曲，乐声动人之处，就连山中的行云都凝定不动，善操琴瑟的湘娥和素女也泛起愁绪。第五、第六句从听觉、视觉的角度表现音乐的悲欢变幻，称其声音有如昆仑山玉石碎裂、凤凰啼叫，又像荷花上哭泣的泪珠、初绽笑颜的兰花。后八句，作者展开想象的翅膀，用夸张、浪漫、玄妙的文字描写箜篌曲的艺术效果，说乐声能消融长安的冷气，那二十三根丝线惊动了天上的紫皇。正在补天的女娲停下手中的活儿，致使石破天惊，秋雨滂沱。乐声仿佛透入梦中，恍然间见到乐师在给仙人传授技艺，河中的老鱼和瘦蛟随着乐曲的旋律翩翩起舞。月宫中，吴刚靠在桂树上聆听此曲，夜不能寐；玉兔听得十分入迷，被露水打湿身体竟浑然不知。箜篌亦称"空侯""坎侯"，是我国古代一种拨弦乐器，有卧箜篌、竖箜篌、凤首箜篌三种形制，曾经一度失传。现代的箜篌，是在继承古代箜篌特点的基础上，结合竖琴、古筝推陈出新的。箜篌特殊的艺术表现力，加上李凭高超的弹奏技巧，使之奏出奇妙的天籁之音。经过李贺一番渲染，读者为之倾倒。此诗独特的写作手法，与李贺的"诗鬼"称号十分匹配。

被酒独行，遍至子云、威、徽、先觉四黎之舍三首（其二）

〔宋〕苏轼

总角黎家三四童，
口吹葱叶送迎翁。
莫作天涯万里意，
溪边自有舞雩风。

Laeuj Gaeuq Gag Byaij Cunz Daengz Swjyinz、Veih、Veih、Senhgyoz Seiq Ranz Lizcuz Sam Hot （Hot Daihngeih）

Sung　Suh Siz

Nyezdoih Mbanjliz sam seiq laeq,

Caez boq mbawcoeng coux goengfiz.

Goek haij byai mbwn fwz hoj lix,

Henz rij doq fwen gag angqyangz.

【延伸阅读】

宋哲宗绍圣四年（1097 年），官场失意的大文豪苏轼被流放两地后，又一次被贬到海南岛的昌化军（今海南省儋州市），初始租居官舍，旋被逐出。后得到王介石等人的帮助，苏轼在城南筑起泥房作居所，并与当地子云、威、徽、先觉四个姓黎的人家结交成好友。有一次喝酒之后，苏轼独自走遍这四处人家，将所见所闻赋诗三首，此为其二。诗中用朴实浅显的语言，描述几个扎着小辫的黎族孩童，用嘴巴吹着葱叶，发出美妙的乐曲，给走访黎家朋友、略带醉意的苏轼送行。翠绿的葱叶，犹如一支支笛子，在孩童口中吹出动听的曲子。这是黎族人民的智慧结晶，是黎族文化的表现形式，汉人听起来，自是感动不已。活蹦乱跳的孩童，天真无邪，他们来给六旬老汉演奏是出于自我的意愿，礼遇非同一般。苏轼沉浸在这奇妙的乐曲声中，如痴如醉，乐不可支。以"戴罪之身"放逐到万里之外的天涯海角这件事，早被忘得一干二净了。带着几分酒气，来到溪边感受和煦的微风，当年孔老夫子与弟子们讨论志趣问题的画面跃入脑中：孔门高足曾晳讲得多好——晚春之时，与五六个成年人和七八个孩子一起，到清澈的沂河里洗洗澡，到祈雨的舞雩台上吹吹风，然后哼着小曲回到家中，这是多么惬意舒适的生活呀！

无题

〔清〕仓央嘉措

白宫红殿湛蓝天，
盖世高原气万千。
竺法渐传三界远，
盛音近绕佛堂前。

Mbouj Miz Daez

Cingh   Canghyanghgyahco

Gung bieg dienh hoengz mbwn cou,

Ranz hwnq diegsang miz heiqliengh.

Fapbaed Denhcuz cienz doh biengz,

Nammo sing rwenz naj ranzbaed.

【延伸阅读】

世界屋脊上的佛教圣地布达拉宫，是吐蕃第三十三代赞普松赞干布迁都拉萨之后，为迎娶尼婆罗（今尼泊尔境内）的尺尊公主和大唐的文成公主而兴建的王宫。几经损毁与重修，方有今天的样貌。仓央嘉措在康熙三十六年（1697年）被选定为五世达赖的"转世灵童"，旋即在布达拉宫举行坐床典礼，成为六世达赖喇嘛。布达拉宫一直作为历代达赖喇嘛生活起居和从事政教活动的场所，是西藏地方政教合一的中心。仓央嘉措太熟悉这个地方了，在他笔下，布达拉宫的主体建筑白宫和红宫，矗立于湛蓝的天空之下。抬头仰望，其雄伟壮丽力压西藏高原的万千山峦，其恢宏气势盖过茫茫世间的万千事物。历经上千年的时间，从天竺（今印度）传来的佛法在布达拉宫积聚后广为传播，越传越远，那此起彼伏的诵经声、祷告声，萦绕在布达拉宫的佛堂前。布达拉宫依山而建，气势雄伟，内有宫殿、正厅、灵塔、佛殿、经堂、平台和庭院等，是藏族建筑艺术的精华，同时也体现了汉藏文化的融合，是中华民族古建筑中的闪耀明珠。

西昭竹枝词（其六）

〔清〕项应莲

牛皮作底酥油面，

装点玲珑绘陆离。

下列朦胧灯几盏，

鳌山元夜大昭围。

Sihcauh Cuzcihswz（Hot Daihroek）

Cingh　Hang Yinglenz

Naengvaiz guh daej coux youzhenj,

Seiq henz raizva cang gyaqciq.

Laj diemj geij aen daeng mong'iq,

Haemh cieng bya gvi humx Dacauh.

【延伸阅读】

竹枝词原为巴、渝一带民歌，唐代刘禹锡将其变成一种诗体，流行至今。西昭，即西藏。此诗系项应莲所写《西昭竹枝词》三十六首中的一首，乃其于清朝嘉庆初年在四川任职时，因运输军需进藏所见而写。诗中描述拉萨元宵灯节的景象，别具一格。灯节亦即灯会，藏语音译为"局阿曲巴"，意指正月十五日供奉，相传黄教始祖宗喀巴曾向大昭寺内的释迦牟尼像献酥油花及大量供灯、酥油灯等而形成此节日，后经过时代演变，酥油灯会由宗教活动逐渐演变为民间节日。在大昭寺举行的元宵灯会，观者如潮，热闹非凡。与其他地方不同的是，这里的花灯是用牛皮作底，上托用酥油捏成，所画图案有鲜艳的花卉，有肃穆的神像，有活泼的人物，有伟岸的建筑，内容丰富多样，是藏族同胞智慧的结晶。将成千上万的酥油花灯堆叠成山形，构成大型组合灯会，是谓"鳌山灯"。元宵之夜，大昭寺沉浸在五彩斑斓的花灯之中，流光溢彩，通宵达旦，蔚为壮观。人流与花灯交相辉映，五光十色，令人叹为观止。如今，拉萨元宵灯节已发展成为各族人民的盛大节日，燃灯范围也超越了大昭寺。是日，全市各寺院张灯结彩，悬挂各式花灯，主要街道均搭架子陈列酥油花灯，造型更精巧，内容更丰富。灯节期间，"跳神"等活动使喜庆气氛更加浓烈。拉萨以外，云南省迪庆藏族自治州归化寺、东竹林寺等也有相应的活动。

跳钺斧

〔清〕孙士毅

跳钺斧，迓主簿，主簿来，迎赞府。

牛年多童牛，羊年多童羖，明僮崽子，十十五五，赤脚花鬟催
羯鼓，紫衣坐床欢喜而赞叹，但愿年年牲脯高于布达山。

跳钺斧，胸前花罂罍，耳后玉瑔珰，

忽挟飞矢上马去，前村正打牛魔王。

Diuq Foujmwnz

Cingh　Sunh Swyi

Diuq foujmwnz, deq hakfaenz, hakfaenz daeuj, coux hakyienh.

Bicwz yien cwzvaiz, biyiengz lai yiengzlwg. Lwgnyez ranzhoiq, cib
seiq cib haj, soemh din hot va youh roq gyong. Goengbaed gwnz
congz sim'angq youh haenhdanq, maqmuengh noh baenz dong
bibi sang gvaq Budazsanh.

Aek venj damjbwnva, rwz gya hoij soij rinnyawh, caezgya diuq
foujmwnz, fwt dawz foujmwnz diuq hwnj max, naj mbanj cingq
moeb Niuzmozvangz.

【延伸阅读】

　　跳钺斧是西藏上层社会过节时观赏的儿童舞蹈表演，表演者为十多名十岁左右的小孩，他们身穿五色锦衣，头带白布圈帽，腰系锦条，足挂小铃，手执圆刃大斧，伴鼓而舞。藏历新年，宗教首领达赖喇嘛在布达拉山设宴，邀请汉、藏族官员前往宴饮，共赏此舞。四川总督孙士毅督运军粮进藏，应邀赴宴，据见闻作此诗。这次舞会为县里新来的主簿而举行，同时也为迎接县丞。舞者依据该年份属相来装扮自身，牛年扮牛，羊年扮羊，或十人一排，或五人一列，前后衔接，错落有致。他们光着脚丫，头梳花鬟发型，手执鼓槌敲打羯鼓，翩翩起舞。喇嘛坐着观舞，精彩之时，欢声赞美，祝愿年年牛羊肉堆砌起来比布达拉山还高。舞蹈渐渐进入高潮，孩童们胸前的花瑶氆随着动作飞舞，耳后的玉饰叮当作响。转瞬之间，他们手持弓箭跃上马背，跟随达赖喇嘛率领的僧人及在场官员，加入驱逐牛魔王的仪式中。全诗动感十足，在舞蹈的高潮处戛然而止，给读者留下无限的遐想空间。藏族是能歌善舞的民族，歌舞之功，从娃娃抓起。藏童活泼可爱，手持道具，踩着鼓点，舞动幼小的身躯，有模有样，叠彩纷呈，感动观众，赢得阵阵喝彩。透过此诗，人们对中华民族文化的多样性能有更为深刻的理解。

西藏杂诗六首（其四）

〔清〕李若虚

谁将觉路引金绳，

性命鸿毛一掷能。

我讶身轻一鸟过，

人言亦似脱韝鹰。

Sihcang Cabsei Roek Hot（Hot Daihseiq）

Cingh　Lij Yozhih

Byawz venj caggim gvaq gungdienh,

Goengyienj buekmingh yamq gwnzsai.

Gou simngeiz de mbaeu baenz faiq,

Vunz naeuz byaij lumj romh duet fwed.

第三辑　各族文化相辉映

【延伸阅读】

李若虚曾于清乾隆四十五年（1780 年）任贵州铜仁府正大营巡检、代理松桃同知，因办事失误而丢官。后随父出游四川，受到总督孙士毅的赏识，随赴西藏筹办边事。擅写诗词，其中有关藏事者十五首，包括《西藏杂诗》六首。此诗描写诗人观看拉萨藏民表演飞绳杂技及其感受，以问句推出道具的质地及安装位置：是谁从高高的布达拉宫顶上悬挂这金色的绳子？继而记录亲眼所见：身体轻如鸿毛的演员从绳索上顺溜滑下。接着书写感受：对演员像飞鸟一掠而过的精彩表演感到惊讶不已。最后以打听到的消息结束：有人说那演员技艺高超，他的表演就像在臂鞲（皮革臂套）上调教的雄鹰脱鞲而出，完全没有任何羁绊。杂技飞绳又称"飞身""飞神"，常在每年正月间表演。表演前用数根皮绳系在布达拉宫山顶上，绳径盈尺，长数十丈，斜拉到山下竖立的桩柱上。表演者身轻如燕，毫不费劲地拾级走到山顶。这时，号令员手执两面白旗，高唱藏歌，歌毕，演员用木板护胸，骑在绳上，伸展四肢，向下俯冲。因冲击力大，人在绳上滑行速度极快，有如弓箭离弦，枪弹出膛，惊险刺激，令人称奇。这样的表演，要来回进行三次，参演者可以免去当年的徭役。

哈达

〔清〕孙士毅

螺吹出松杪，言近喇嘛寺。

投我鹄纹绫，俨如士执贽。

易于手中板，正平怀里刺。

戋戋将毋同，无语言文字。

鉴此光明锦，深悟洁白意。

缅维相见仪，化导庸可冀。

Gaenhahdaz

Cingh　Sunh Swyi

Ndoengcoengz lwgsae yiengj, naeuz daengz miuhlajmah.

Gaen duenh raiz hanqmbwn, venj naj aek goenggeq.

Mbouj lumj benj Yiyiz, oen soemsiq Cwngbingz.

Mbaw gaen cix seuqcingh, mbouj miz sing raiz cih.

Man ronghlwenq baenzneix, cingzngeih iemq simdaeuz.

Niemh laex ndang cix raeuj, baeuq son'gyauq miz muengh.

【延伸阅读】

　　哈达是藏语音译，意译为像一匹马一样珍贵的礼物，以绫、绸、丝等原料制成，数尺或丈余不等，有白、黄、蓝等色。在藏族的礼仪中，手捧哈达献给客人，是表达敬意和祝福的举动。清朝乾隆年间，孙士毅转运军需至藏区寺庙附近，受到喇嘛敬献哈达的礼遇，作诗记下此事。听见从松树林里传来法螺的呜呜声，随行人员告知喇嘛寺就在不远处。到了寺门前，僧侣敬献天鹅般纯白的哈达，这敬献哈达的仪式俨然如中原士子敬献尊长时奉送礼品行贽礼。这珍贵的哈达就像唐朝县令何易于手持的笏板、东汉人祢衡（字正平）怀揣的名刺（即名帖）一样，是彰显高洁身份的象征。不同的是，哈达上没有文字。看着这条洁白精细的锦缎，作者深深感悟到藏族民众对来客的一片赤诚的心意。回想这藏民以哈达相赠的见面礼，作者明白和他们进一步交往是有希望的。此诗描写藏民以哈达迎客之举，与中原地区虽有差异，但其热情好客的真情实意与中原并无二致。

新上头

〔唐〕韩偓

学梳蝉鬓试新裙，

消息佳期在此春。

为爱好多心转惑，

遍将宜称问旁人。

Sau Yaek Haq

Dangz　Hanz Voz

Sawq daenj vunj moq hag roi gyaeuj,

Dingq naeuz hai cin yaek roengzlae.

Mbouj rox dajcang ndei naeuz yaez,

Baez boux bae cam vunz bangxhenz.

【延伸阅读】

　　"上头"是"加笄"的俗称，女子十五岁时要通过一定的仪式，以簪束发，表示成年。作者韩偓少时诗才即显，姨父李商隐称其"雏凤清于老凤声"。唐亡后他选择隐居，作了大量描写男女之情的诗歌，编为《香奁集》，以风格绮艳、笔风细腻见长，有"香奁体"之称。本诗为其中名篇，描写待字闺中的女子为婚礼做准备的情形。前两句叙述妙龄姑娘学着把鬓角梳得如蝉翼般，又试穿新裙增添容貌的美艳。听说今年春天成婚在即，姑娘的喜悦和娇羞之态尽显。末两句把梳妆之事推向更高的维度，都说爱美之心，人皆有之，望着铜镜前的新妆，姑娘开始疑惑不定，担心自己此番打扮存在瑕疵，便转身询问旁人新妆是否得体，是否达到靓丽迷人的效果。短短四句诗，就把少女在即将进入生命重要转折点的时刻，由无比欢欣转向娇羞的情态描写得淋漓尽致，继而又将因追求完美无瑕导致的忐忑不安的心境，在纸上活灵活现地描摹出来，实乃妙笔生花。成年礼是人告别童年，以成熟个体走向社会的宣言，是人类进入文明时代逐渐形成的习俗；谈婚论嫁在此之上，是人生的终身大事。各民族成年、婚俗文化璀璨，各领风骚，历来如此。

浣溪沙·小兀喇

〔清〕纳兰性德

桦屋鱼衣柳作城，蛟龙鳞动浪花腥，飞扬应逐海东青。

犹记当年军垒迹，不知何处梵钟声，莫将兴废话分明。

Vanhihsah · Dieg Siujvuhlah

Cingh　Nazlanzsingdwz

Aenranz caenh doq faexgangjluz, buh nyib naengbya led ndaem liux. Duzlungz rouxringx raemxlangh ciuz, duzyiuh gwnz mbwn mbinnyebnyeb.

Ranzbing ciuhgonq lij ndaej geiq, seizhoengh nanzlumz mwh hoenxciengq. Aenmiuh gizlawz roq cung yiengj, saw hingz riengjret biu gvaq caez.

【延伸阅读】

一首《乌苏里船歌》响彻华夏大地，其嘹亮的音调、独特的歌词，给听众留下深刻的印象。人们通过这首歌了解赫哲族人民在乌苏里江捕鱼的劳作场景，却不一定知道松花江畔小兀喇（今吉林省吉林市）赫哲人的民族风情。这里的赫哲人用桦木建造房子，用鱼皮制作衣服，用柳树作为居住地的屏障。那里的河中有蛟龙，浮到河面鳞光闪闪，浪花里夹杂着它的腥气。那里的人们喜欢驯养海东青（又名矛隼），让它飞向空中，俯冲捕猎。时过境迁，但当年的战斗营垒陈迹还在。忽然之间，不知从何处飘来寺院的钟声。和平代替了战争，无须把朝代更废存亡的是是非非分辨清楚。此诗写于1682年春，正值作者扈从康熙皇帝北巡祭扫祖墓，顺道去小兀喇狩猎之时，以上阕描写赫哲族生活习俗最为精彩，一句"桦屋鱼衣柳作城"之后，把想象力发挥到极致，"飞扬应逐海东青"给人以强烈的视觉冲击力，"蛟龙鳞动浪花腥"还附加特殊的嗅觉效果，画面清晰，手法夸张，把赫哲人的城建、民居、狩猎、捕鱼文化习俗描绘得细致入微、有声有色，是民族史的珍贵史料，是民族志的书写范本。

黎村

〔清〕吉大文

岭半炊烟起，随牛远入村。

编茅安石灶，种稻蓺山园。

祭鬼柴门肃，迎宾卉服尊。

新年婚嫁日，席地闹盘樽。

Mbanjliz

Cingh　Giz Davwnz

Byonghbya hwnj ngeuhoenz, bouxnoengz gyaep cwz ma.

Saeuqrin caep ranzhaz, haeuxnaz ndaem rog doengh.

Fouzbaed venj bakdou, buhlengj coux hekdaeuz.

Bimoq ngoenzndei daeuj, caez ndoet laeuj guh'angq.

【延伸阅读】

本诗作者是晚清崖州镜湖村（今属海南省乐东黎族自治县九所镇）人，入仕后虽长期在外做官，但对生于斯、长于斯的家乡有着朴素的感情和热爱，加之熟悉家乡的一草一木、一花一石，故描摹起黎族村寨的生活图景特别细腻。远远望去，半山腰的黎族村寨炊烟袅袅，厨娘们正在准备精美的晚餐。牧归人跟在牛群后面，在夕阳下施施而行，徐徐回家。黎村的屋宇，用茅草盖顶。屋内的灶台，用石头垒砌。村民们劈山治水，使荒山野岭变成丰收的良田。他们祭祀时，紧闭简陋的柴门，庄严肃穆。宾客临门，他们换上用细葛布做的珍贵刺绣服饰，热情接待。过年及嫁娶时，他们张罗设宴，席地而坐，分享美酒佳肴，酒足饭饱之后，就地取材，餐盘酒樽，成为击打乐器，有如唐人刘禹锡笔下"兴酣樽易罄，连泻酒瓶斜"般热闹，好不开心。黎族同胞们不惧热带气候恶劣，在五指山下顽强生存，在万泉河畔创造奇迹。他们的耕作传统与起居习俗，他们的精神世界与人生信条，他们的审美方式与行为规范，他们的穿着打扮与节庆文化，是中华民族璀璨文化中不可或缺的组成部分。

廖江竹枝词十七首（其二、其九、其十一、其十七）

〔清〕韦丰华

胙颁真武喜分将，食罢青精糯米香。
忽漫歌声风外起，家家儿女靓新妆。

士也耽兮女也耽，行歌互答当心谈。
欢场易散愁同结，恼杀西山落日衔。

浓香惯引得芳魂，爱我哥哥送到村。
春庆未阑重订约，姣音遥递话黄昏。

红粉平看一任人，江干分外有阳春。
兰卿太守曾多事，谕禁花歌枉费神。

Dahliugyangh Cuzcihswz Cibcaet Hot

（Hot Daihngeih、Hot Daihgouj、Hot Cib'it、Hot Cibcaet）

Cingh　Veiz Funghvaz

Naj ham baen noh vunz simfaengz, ngamq gwn haeuxnaengj bak rang raeuh.

Rog doengh singfwen rwenz hwnjdaeuj, mbauq lengj sau gyaeu humh dajcang.

Lwgsai dawzyinx lwgmbwk maij, hai bak eu fwen lwnh simsaeh.

Habhaw hoengh vaiq sanq hix heih, ndatheiq daengngoenz roengz vaiqvid.

Nuengxsau maezlienh va hailangh, bakmbanj beixyoux soengq dahlwnz.

Cietfwen caengz sat youh doxlwnh, haemh'wnq yaeng eu fwen goksa.

Lwgsau naj maeq caih vunz yawj, rumzcin dawz fwen geuj hamqdah.

Daisouj Lanzgingh yak dangqmaz, bajbak doq fwen baenz gimq ndaej.

【延伸阅读】

廖江是广西南宁市武鸣区马头镇的一条河流，沿岸为壮族聚居区，壮族人民民风淳厚，擅长唱歌，农历三月初三的歌会尤为盛大。彼时，俊男靓女，聚集在江滨旷野，连唱数日，互吐钟情，场面壮观，是为三月三歌节。晚清李彦章（字兰卿）出任思恩府知府时，曾以伤风败俗之名，下令禁歌，但毫无收效。当地壮族文人韦丰华遂作诗介绍歌节盛况，借以取笑这位不谙民情、践踏文化的知府。此处所选四首，连起来便是歌圩的梗概，又是回敬无知知府的佳作。诗中说，三月初三这一天，壮家人到真武庙祭祀结束后，兴高采烈地分吃祭肉和五色糯米饭。家家户户的姑娘小伙换上新装，来到仙湖、唐江等处，在沿江数里内日夜聚歌，延至初十，热闹非凡。歌圩场上，男女欢欣，你唱我和，你问我答，互倾心迹。日薄西山，快乐的时光即将逝去，分别的愁绪同结心头，太阳太不善解人意了，下落得如此迅速。扑鼻的香气引出美人的魂魄，能说善唱的情郎总能赢得少女的芳心。相见时难别亦难，痴心情哥将心上人送到村口，恋恋不舍中有多少唱不完的歌。不用愁，春天的喜庆还没结束呢，夕阳下，又传来情妹意犹未尽的对歌邀约，海誓山盟还在后头呢。红粉佳人把歌场装扮得如此靓丽，江畔处处充满生机，春意盎然。你这不近人情的知府呀，传唱了千百年的山歌，是壮族人民的精神食粮，能禁得了吗？你的举止真是太枉费心神了。壮族是天天都在歌里过的民族，广西被誉为"歌海""天下民歌眷恋之地"，实缘于此。

丽江竹枝词（其五）

〔清〕黎申产

趁圩相约去歌坡，
籴米归来女伴多。
踯躅晚风残照里，
牧童沿路唱山歌。

Dahli'gyangh Cuzcihswz（Hot Daihhaj）

Cingh　Liz Sinhcanj

Doxiu beij fwen swnh ngoenzhaw,

Cawx haeux dauqranz doihsau riengz.

Banhaemh mbwn fuemx vunz cienqlienh,

Nyezvaiz bien roen faengz eu fwen.

【延伸阅读】

　　左江上游龙州县县城至上金乡一段叫丽江，沿岸居民绝大多数为壮族，以擅长唱歌著称。生长于邻县宁明的黎申产，是清代著名壮族文人，著作颇丰，其《丽江竹枝词》六首中，有三首专写歌圩。此首记叙赶圩见闻，借"牧童"之口描绘赶圩之况。农村集市，壮族地区称之为"圩"，为壮语"haw"之音译。这种圩，在一个地域内按一定距离设置若干个，按一定时间轮流进行商品贸易，某个圩场开市当天，叫"圩日"。圩，除了具有北方集市的商品交易功能，还是男女青年谈情说爱、对歌择偶的重要场所。每逢圩日，便是年轻人一展歌喉的佳期，圩场附近的平地、林荫地，都是对歌场所。贸易结束后，回家的路上，也有歌声唱响，有时唱到夜间才停。此诗所描述的，即是后者。"趁圩"即赶圩、上街，"歌坡"又称"窝坡"，可直译为"歌圩"，意为唱歌的坪场。圩日到了，人们相约去赶圩，顺便去对歌。买米归家的姑娘们结伴而行，不时发出欢声笑语。夕阳下，晚风习习，她们放慢脚步，一路上走走停停，不断与小伙子们对歌，互相表达爱慕之情。诗中所述圩市散场后回家途中对歌的情况，朴实自然，画面感强，既是壮族地区社会安定祥和的体现，又是壮家儿女传承歌圩文化的真实写照。

何为爱国？字面之意，即热爱国家。如何热爱国家？即天下兴亡匹夫有责，居庙堂之高则忧其民，处江湖之远则忧其君。国若遭敌犯，便求退敌；若遭内乱，便求平定。不论内外之灾，当以身报国。若国泰民安，则学有所成，守法敬业，报效祖国。

爱国，是春秋之时，许穆夫人不顾阻拦归国吊唁；是初唐僧人在西域求佛法时思念祖国的心情；是明朝广西瓦氏夫人统兵抗倭之义举；是戚继光巡视戚家军时抒发爱国保疆的情怀；是晚清因《马关条约》签订，台湾等地被割裂后各族人民的撕心恸哭；是林则徐"苟利国家生死以，岂因祸福避趋之"的爱国宣言；是谭嗣同为变法兴国勇于献身；是晚清边防大臣黑龙江副都统杨凤翔抗击沙俄，英勇杀敌、光荣献身的爱国情操；是女侠秋瑾之言国家领土不容损缺，巾帼不惜为国捐躯的大义。

中华文明上下五千年，历经大势之分合，也抵御过外侮。在时光长河中，民族英雄如星星一般耀眼璀璨，在灯火暗淡之时，充当指路的明灯，给我们清醒的勇气和前进的力量。让我们通过诗词，再度挖掘先贤留给我们的财富，这是我们中华民族生生不息的源泉，也是中华民族屹立不倒，永不言败的基石。

爱国是常挂在我们嘴边的话语，可怎样爱国？我们的前人如何爱国？有哪些值得借鉴？在今天，仍有探讨一番的必要。

战国时许穆夫人不顾阻拦回国的壮举，令人为之瞠目。唐代高僧义净到西域求法取经期间日夜思念赤县神州，令人为之动容。正因为这样，凡是不知亡国恨的举动，终将遭到世人的唾弃。宋朝词人王安石登高怀古借鞭笞歌唱《后庭花》遗曲的歌女，暗讽权贵不思国仇、贪图享乐的行为。清朝诗人丘逢甲对《马关条约》割让宝岛台湾使全国同胞撕心恸哭的表述，都是爱国情愫的渲染。

用实际行动捍卫祖国，是爱国心最直接的呈现。戚继光巡视戚家军时抒发爱国保疆情怀，之后便投入到抗击倭寇的战斗中；壮族巾帼英雄瓦氏夫人亲率土司地方武装俍兵千里迢迢前往抗倭前线，以胜利来表达爱国决心。虎门销烟的虎将林则徐，被昏庸懦弱的清政府流放后，写下了"苟利国家生死以，岂因祸福避趋之"的诗句；边防大臣黑龙江副都统杨凤翔，在海兰泡和江东六十四屯惨案后，因抗击沙俄而捐躯沙场。这样的人物，都是中华民族的脊梁。

自然，爱国并非仅有亲赴战场一途。戊戌壮士谭嗣同为变法救国勇于献身；女杰秋瑾为国家领土完整甘愿壮烈牺牲；诗人李贺，痛恨藩镇割据而满腹愤懑；陆游病后，以"位卑未敢忘忧国"传世；诗人刘定逌，用"忧怀家国一时真"言志；诗圣杜甫，因国都凄惨破败而"感时花溅泪"，无一不透出爱国的热切情怀，*丝丝*缕缕，真挚感人。

另外关心民众疾苦也是爱国的一种表现。元朝词人张养浩那句"兴，百姓苦；亡，百姓苦"的呐喊，宋朝诗人郑思肖那句"秋送新鸿哀破国"的忧思，明朝诗人于谦那首歌颂勇于牺牲的《咏煤炭》，清朝郑板桥那首《潍县署中画竹呈年伯包大中丞括》，同样释放满满的忧民之情。

载驰

〔春秋〕许穆夫人

载驰载驱，归唁卫侯。

驱马悠悠，言至于漕。

大夫跋涉，我心则忧。

既不我嘉，不能旋反。

视尔不臧，我思不远。

既不我嘉，不能旋济。

视尔不臧，我思不闷。

陟彼阿丘，言采其虻。

女子善怀，亦各有行。

许人尤之，众稚且狂。

我行其野，芃芃其麦。

控于大邦，谁因谁极？

大夫君子，无我有尤。

百尔所思，不如我所之。

Ganj Bae

Cunhciuh   Hijmuz Fuhyinz

Hai ci riengjret ganj buet bae, dauqbae nai vunz ranz Veihouz.

Gaem bien faddaengz gwnzbya, ra aeu beimuj yw simyou.

Mehmbwk sim unq gyaez niemh gaeuq, gak miz dauhleix gag miz maeuz.

Gyoengqvunz max loh gyae raeuh, daeuj daengz Cauzyiz mbouj
    geij nanz.

Hijgoz dafuh ganj gvaqdaeuj, gyangloh laengz gou sim nyap raeuh.

Gingqyienz fanjdoiq mbouj ei gou, gou lawz ndei fanj dauq Hijgoz.

Baenzde sou goj naeuz mbouj ndaej, baenzneix gou naemj lai ndei raeuh.

Gingqyienz fanjdoiq mbouj ei gou, mbouj ndaej gvaq dah dauq ranzcoj.

Aensim baij ok sou yawj doh, gou niemh guekcoj cingz naek raeuh.

Benz hwnj giz sang Hijgoz daeuj ndaq gou, guengzgangz dahraix
    youh huk bamz.

Gou menh byaij gvaq gyang doengh naz, gyangnaz haeuxmeg
    deihyaenyaen.

Naemj bae guek hung gauq mbouj baenz, byawz hawj gou baengh

    byawz coengh gou?

Gyoengqvunz ginhswj laeng Hijgoz, gaej goj nyap gou youh haemz gou.

Sou ok cienfanh aen geiqmaeuz, mbouj beij gou cunz baez Veigoz.

【延伸阅读】

    《诗经》是中国最早的一部诗歌总集，集聚了西周初年至春秋中叶的诗歌 305 首。许穆夫人是卫国人，才貌双全，曾想嫁到大国齐国，使卫国有坚强后盾。但国君卫懿公不允，把她嫁给小国许国国君。公元前 660 年，卫懿公遇害，国破家亡，许穆夫人悲愤交加，便想归国吊唁懿公，却遭许国大夫以不合礼法为由拒绝，故写下此诗。按《诗经》一般的命名规则，诗题《载驰》从首句摘取，意即策马疾驰回国吊唁卫侯。在交代"载驰载驱"的缘由之后，作者述说前往安置卫国离散民众的漕邑（在今河南省安阳市滑县）途中，遭到跋山涉水赶来的许国大夫阻止，不免忧心忡忡。继而联想到许国大夫阻挠自己回国的现实，忧愁更加无以名状。为此，作者登上高丘，采撷贝母草来化解心中的郁闷。并称女子多愁善感的因由和行为各不相同，许国人的责备无知而狂妄。最后，作者大发感慨，说自己行走在田野里却无心观赏茂盛的麦浪，一心想着怎样奔走于大国中寻找援助。许国的大夫别再责怪我了，你们纵有千百个主意也不如我亲自回国共图救国之策。祖国有难，奋而救之，人人有责。在许穆夫人身上，我们看到了热爱家国、刚强坚毅的女性形象。在中国数千年的文明史中，爱国这个永恒主题熠熠生辉，是精神传承不绝的结果。

在西国怀王舍城
（一三五七九言）

〔唐〕义净

游，愁。

赤县远，丹思抽。

鹫岭寒风驶，龙河激水流。

既喜朝闻日复日，不觉颓年秋更秋。

已毕耆山本愿城难遇，终望持经振锡住神州。

Youq Yindu Gaeuq Niemh Singzvangzse
（Sei It Sam Haj Caet Gouj Cih）

Dangz　Yi Cing

Youz, you.

Liz guek gyae, gag niemhngeix.

Byalingzciu rumz nit, dahlungzhoz raemx gip.

Caenh angq baiq baed sim lai lingz, bi geq gvaq bi mbwn lai liengz.

Youz gvaq Cizsanh ndawsim lij nanz onj, sim muengh dawz ging dauq
　　guek ndaej bauq aen.

【延伸阅读】

这是唐代高僧义净在西域求佛法时因思念祖国而写的诗，以形式奇特而闻名。"西国"指印度，"王舍城"指摩揭陀国的都城，可知此诗为作者在印度取经时所作。因诗句排列成宝塔状，又名"宝塔诗"，富有形式之美。全诗以思乡爱国为基调，抒发游子远离祖国，萌发孤单而又赤诚的思念之情。站在释迦牟尼曾讲经的鹫岭上，寒风扑面袭来；来到佛祖得道前沐浴的尼连禅河边，水流激荡拍岸。此情此景，昭示着诗人独居异乡的悲凉、漂浮不定的心绪。既喜于日复一日去聆听佛法，又倍感岁月不饶人，在不知不觉中度过了一秋又一秋。游完耆山，王舍城就难以住下了，最终还是带着经书，手持僧人的锡杖，回到魂牵梦绕的祖国怀抱。求佛取经，本是作者梦寐以求的心愿，但来到异国，孤独感又催生了思乡的念头，而且，思绪会随着时间的推移而不断腾跃。这看似矛盾的心理，乃是爱国情结使然。作者不愧是一位爱国高僧，其企盼早日学成归国传教的激切心情，影响着一代又一代在外求学的游子。全诗除格式独特之外，文字精练亦是特色。诗中鹫岭即耆山，乃梵文佛教圣地耆阇崛山之意译；赤县即神州，均指中国，意同字异，体现了作者高超的语言驾驭能力。

桂枝香·金陵怀古

〔宋〕王安石

　　登临送目，正故国晚秋，天气初肃。千里澄江似练，翠峰如簇。归帆去棹残阳里，背西风，酒旗斜矗。彩舟云淡，星河鹭起，画图难足。

　　念往昔，繁华竞逐，叹门外楼头，悲恨相续。千古凭高对此，谩嗟荣辱。六朝旧事随流水，但寒烟衰草凝绿。至今商女，时时犹唱，后庭遗曲。

Gveicihyangh · Youz Ginhlingz Ngeix Saehgonq

Sung　Vangz Anhsiz

　　Hwnj bya gyawj dah, da muengh haeuj gyae. Seizneix Ginhlingz haeuj cou nanz, mbwn raen liengz sisi. Raemx Dahcangzgyangh raezrangh hau lumj sai, goengq bya daengjsoh caiq lumj naq baenz nyumq. Banhaemh gyang dah ruz bae dauq, rumzsae daeujhuhu, geizlaeuj ngengq baek mbinfufu. Aenruz raizva youz gyang fwj, gyang dah bwzlu cwxcaih mbin, gingjgyaeu yienghneix vunz nanz veh.

Dauqngeix vuenyungz doenghbi gonq, bonjlaiz laeuz sang haw hoenghhwd, ngoenzneix roek ciuz caez deng mied, simcieg doeknaiq ngoenz gvaq ngoenz. Hwnj laeuz muengh gyae naemj saehgonq, yungznyaenq bonjlaiz dwg yienghneix. Saehgaeuq roek ciuz gvaq cix ba, danq lw henz dah mojlox gyuem haz em. Dahsau Sanghgoz mbouj rox saeh, guekcoj mied bae cungj mbouj rox. Ciuqyiengh eu fwen caeuq ciengq go, gojleix angq ciengq 《Va Laeng Suen》.

【延伸阅读】

北宋立国后，内忧外患，终致积重难返。宋英宗治平四年（1067 年）王安石出知江宁府（今江苏省南京市，旧称金陵），目睹时艰，遂填此词。怀古起自思今，此词上下两阕各司其职。上阕描写金陵美景，登高远眺，晚秋时节的故都金陵，天气清凉，景色宜人。千里长江，水面清澈，宛若一条白练穿越城中。座座山峰，巍峨青翠，就像一束束箭镞装点古城。夕阳下，归航的船儿扬帆摇橹，西风起处，斜插在酒家门口的旌旗猎猎飘扬。天高云淡，华丽的画船慢悠悠地游荡。星河灿烂，一行白鹭展翅起飞回巢，如此目酣神醉的景色，很难用图画把它描绘出来。接着，词人在下阕转入沉思，遥想六朝古都金陵的过去，达官贵人们争相过豪华奢侈、纸醉金迷的生活。可悲可叹的是，即便是隋军已经兵临城下，南朝陈后主仍然沉溺于声乐酒色之中，寻欢作乐，以致亡国。后继者未能吸取教训，接踵覆亡，实属可恨至极。登高怀古，古今相较，荣辱兴衰，唯有空叹。金陵城见证了六朝流水般的过往，时值深秋，凛冬将至，长江两岸寒雾乍起，枯草丛中仅存些许绿色。没料到，在这凄凉惨淡之时，那些不知亡国恨的歌女，还在不断低吟浅唱亡国之君陈后主那首淫靡舞曲《玉树后庭花》，多悲哀啊。作者因怀古借以鞭答无知歌女，警示时下统治者，寓爱国忧民之情于词作中，手法高明。

春愁

〔清〕丘逢甲

春愁难遣强看山，

往事惊心泪欲潸。

四百万人同一哭，

去年今日割台湾。

Seizcin Simnyap

Cingh　Giuh Fungzgyaz

Seizcin nyap lai cengq muengh gyae,

Ngeix daengz saehgaeuq raemxda lae.

Seiq bak fanh vunz simsenz daej,

Bi'gvaq ngoenzneix gvej Daizvanh.

【延伸阅读】

清光绪二十年（1894年），纪年甲午，日本挑起侵华战争。翌年，清政府签订了丧权辱国的《马关条约》，除了前所未有的高额赔款，还割让宝岛台湾，令人痛入心脾。保台志士丘逢甲写下"拒倭守土"的血书，多次电请清廷拒约，并率义军抗日，力战二十余昼夜，兵败内渡，于1896年春写下此诗。春回大地，海峡两岸郁郁葱葱，生机盎然，但宝岛沦陷，哪有心情欣赏美景呢？愁绪难以排解，只能勉强登高望远，借以抒怀。远远望去，对岸的台湾依稀可见，往事历历在目。诗人心潮涌动，眼泪潸然而下。何止诗人？台湾同胞们都在放声哭泣，因为在去年的今天，美丽的台湾岛被腐败无能的清政府割让给日本了。作为台湾土生土长的文人，丘逢甲在中进士被钦点为工部虞衡司主事后，毅然辞官返台，回台后又婉拒台澎道唐景崧的入仕之邀，转而讲学育才，却在山河破碎时挺身而出，赤心报国，体现了一位知识分子的铮铮铁骨。

过文登营

〔明〕戚继光

冉冉双幡度海涯，晓烟低护野人家。

谁将春色来残堞，独有天风送短笳。

水落尚存秦代石，潮来不见汉时槎。

遥知百国微茫外，未敢忘危负岁华。

Gvaq Vwnzdwnghyingz

Mingz　Ciz Gi'gvangh

Ruz gvaq henzhaij menhmenh bae, mok haet goemq caez ranz
　　gyangdoengh.

Byawz nyumx ciengz vaih saek cin noengz, rumz haij doengz ci sing
　　gok gyae.

Raemx roengz lij raen bei goenglauz, aen faz Hancauz mbouj raen
　　ngaeuz.

Dawz rap hwng guek gaej lumz doh, yaek geiq vunzdig caengzraurau.

【延伸阅读】

文登山位于今山东省威海市文登区东北，相传秦始皇东巡时，召集文士登此山歌功颂德，故名。明朝时，这里隶属山东省登州府宁海州，东濒黄海，特在此设置营卫，以防从东边海上的来犯之敌。嘉靖三十三年（1554年）春，著名抗倭将领戚继光奉命从南边的即墨（今山东省青岛市即墨区）出海，沿海岸北上，前往山东半岛东部巡视海防营地，途经文登营，忆古思今，写下这首七律，以抒保家卫国的豪情。诗的前四句写过文登营的见闻，特别突出边境形胜。那搭载作者的双帆军舰缓缓行驶在春意盎然的海岸线上，沿途所到之处，看到清晨的袅袅炊烟笼罩着祥和静谧的乡野人家的房屋。是谁把这美丽的春色送到年久失修、破败不堪的营区呢？那是官兵们在徐徐海风中吹响的练兵号角。诗的后四句，作者凭吊古迹，写出感想。潮水退去，秦始皇的纪功石刻显露出来。海潮涌来，传说中汉代那可上天河的木筏看不见了。时过境迁，如今诸国在遥远迷茫的海外对我中华虎视眈眈，作为军人，不敢忘记自己肩负的保家卫国重任。作者在东南沿海抗击倭寇十余载，多次平定倭患，使沿海人民的生命财产安全得到保障。此诗情景交融，情感浓烈，激扬奋发，表现了作者精忠报国的骨鲠之臣形象。而忧患意识催生的国际视野和防务观念，让其雄心壮志跃然纸上。

江南感事诗二首（其二）

〔明〕朱察卿

万里迢遥征戍士，虎符星发路何赊。

帐前竖子金刀薄，阃外将军宝髻斜。

田父诛茅因缚犬，乞儿眠草为寻蛇。

军储不惜人间供，愿斩鲸鲵净海沙。

Song Hot Sei Niemh Saeh Gyanghnanz（Hot Daihngeih）

Mingz　Cuh Cazgingh

Ciu bing bae hoenx caeg Vohgou, vajsi Fuhyinz soh daengz ciengz.

Cienghginh vunzbaz daiq bing ak, langzginh giemq raeh hoenx
　　ciengq giengz.

Lwgminz gvej haz cug ma, gaujvaq biengj nya gaeb ngwz soengq.

Caezsim gyo'mbaiq gyoengq Langzginh, boenq deuz bingcaeg onj
　　gwnz biengz.

【延伸阅读】

明朝嘉靖后期，倭寇侵害我国东南沿海，民众不堪其扰。事态危急，明廷征调训练有素的由壮族土司组建的土司兵前往抗倭。58岁的土司遗孀瓦氏夫人应征，与重孙岑大寿、岑大禄及广西田州（今百色市田阳区）、东兰、南丹、那地（今南丹县西南）、归顺（今靖西市、那坡县）等地的俍兵，日夜兼程，不远万里奔赴抗倭前线。松江诗人朱察卿作此诗，歌颂瓦氏夫人及其率领的俍兵的军威和卫国功绩。诗中先对俍兵军营作概括性素描，称俍兵营帐前有警卫人员持刀站岗，帐外屹立着英姿飒爽的女将军，女将军头上梳着整齐的发髻，威风凛凛。紧接着，作者以饱满的热情描写当地民众热烈欢迎俍兵的举动。最后，作者发出由衷的企盼，但愿俍兵能够战胜倭寇，夺回祖国蔚蓝的海疆。果然，俍兵不负众望，屡立战功，瓦氏夫人被明嘉靖皇帝封为二品夫人，堪称壮族巾帼英雄第一人。多少年来，俍兵的英勇事迹传遍中华大地。2019年，习近平总书记在全国民族团结进步表彰大会上的讲话中对瓦氏夫人抗倭予以高度评价。

赴戍登程口占示家人二首（其二）

〔清〕林则徐

力微任重久神疲，再竭衰庸定不支。

苟利国家生死以，岂因祸福避趋之。

谪居正是君恩厚，养拙刚于戍卒宜。

戏与山妻谈故事，试吟断送老头皮。

Yaek Bae Dawz Bien Bak Damz Song Hot Sei Hawj Vunzranz（Hot Daihngeih）

Cingh　Linz Cwzciz

Rengz iq rap naek naiq yaek dai, geq caiq dawz rap gwn mbouj siu.

Langh leih guekgya dai cix liux, fuk hux ciuqyiengh dingj roengzbae.

Deng langh Yihliz vuengz hawj aen, gag nyaenx ndojbiengz daeuj
　　dang bing.

Gangj riu cej goj lwnh yah dingq, ngon sei soengq dingh mingh
　　lauxbaeuq.

【延伸阅读】

　　林则徐是中国近代著名爱国人物，以虎门销烟及奋起抗英的事迹闻名于世，却被腐朽的清政府革职充军，发配新疆伊犁。1842年遣戍途中，他与家人挥泪告别，写下这首愤愤不平的诗作。作者首先"检讨"自己近花甲之躯，以钦差大臣身份前往广东查禁鸦片，却因体力不支，精疲力竭加上才识平庸，无法完成捍卫国家尊严的重任。接着话锋一转，郑重申明，只要是对国家有利的事，定会不惜牺牲性命全力以赴，决不会因为个人祸福而逃避或趋附。敞开心扉表明决心之后，作者委婉使用反语，以看似平和的语气发泄不满情绪：我被贬谪，是道光皇帝的恩赐啊，像我这样愚拙的人，还是去当一个戍卒更合适。临别之际，我笑着给老妻讲起北宋杨朴的故事，并吟诵"断送老头皮"的诗句。全诗用典结尾，恰到好处，文采顿增。当年宋真宗听说隐士杨朴会写诗，便叫他进宫，询问是否有人给他献诗，杨朴即吟其妻诗："更休落魄耽杯酒，且莫猖狂爱咏诗。今日捉将官里去，这回断送老头皮。"真宗听后，哈哈大笑，让他回到山里继续隐居。苏东坡多次被贬谪，每次出门时，其妻总是哭哭啼啼，苏说："你就不能像杨处士的妻子那样写一首诗给我送行吗？"苏妻破涕为笑，苏才宽心奔赴流放地。作者巧用此典，工整天成，贴切自然，隐藏反讽，寓意深刻，令人回味绵长。这首荡气回肠的作品，把爱国者的热血丹心表现得淋漓尽致。一个多世纪以来，"苟利国家生死以，岂因祸福避趋之"被国人视为名句，吟诵不辍。流放期间，林则徐兴修水利，种树防沙，用实际行动践行此名句。

凤集庭副都护翔

〔清〕延清

鏖战平原雾雨黄，早拌马革裹沙场。

乘风船下如王濬，返日戈挥匹鲁阳。

三跃阵前惊堕马，一麾道左耻牵羊。

将星夜半当门落，痛惜将军呕血亡。

Fungcizdingz Fuduhhu Siengz

Cingh　Yenz Cingh

Bingzyenz soemh fwn hoenx ciengq haenq, laemxsim vutmingh mbouj lau dai.

Caenh hag Vangz Cin hai ruz bae, caiq lumj Lujyangz bik daengngoenz.

Hoenxciengq doek max dai cixbah, gaj caeg daengz dai mbouj douzyangz.

Ndaundeiq baefinz doek naj dou, insik bouxak sieng naek dai.

【延伸阅读】

　　1900 年，在八国联军进犯清朝京师的同时，沙俄制造了震惊一时的海兰泡惨案和江东六十四屯惨案，数千位中国居民丧命于侵略者的刀枪之下。为捍卫祖国领土和尊严，当时 61 岁高龄的黑龙江副都统、帮办镇边军大臣杨凤翔（字集庭），率军抵抗瑷珲城的俄军，失守后又在北大岭击敌，右臂、左足两次受伤，三次落马仍跃马挥刀力战，终因伤势过重而殉国，表现极其英勇。身居被围困的北京城，进士出身的蒙古族诗人延清奋笔疾书，写下数百首反映庚子国变的诗作，此诗便是其一。诗中以昂扬的笔调，讴歌杨凤翔冒着黄色的雾雨在平原上与俄军鏖战，早就立下不惜马革裹尸、战死沙场的决心。杨凤翔在战斗中有如指挥大军攻灭孙吴、完成西晋统一大业的名将王濬，又像传说中挥戈逼退太阳的春秋时楚国鲁阳公那样厉害。杨凤翔三次坠马又翻身跃起督战，直至流尽最后一滴鲜血。上苍无眼，这样勇猛的战将竟然没能得到护佑，杨将军呕血而亡，多么令人悲痛惋惜啊。在中国历史上，像杨凤翔这样为反抗侵略、保家卫国而身先士卒、视死如归、英勇奋战的将士何其多，他们是中华民族的脊梁，是钢铁长城的基石。后人争相赞颂他们的精神，永不忘怀。

三垂冈

〔清〕严遂成

英雄立马起沙陀，奈此朱梁跋扈何。
只手难扶唐社稷，连城犹拥晋山河。
风云帐下奇儿在，鼓角灯前老泪多。
萧瑟三垂冈下路，至今人唱《百年歌》。

Byasanhcuizgangh

Cingh　Yenz Suicwngz

Gwih max hoenxciengq miz Sahdoz, cuh Vwnh manzgyaengj mbouj
　　naihhoz.

Bouxdog nanz fuz Ciuhdangz hwnj, gag guh Cinvangz gag rimhoz.

Biengz bienq miz lwg ciep roengzbae, gyanghwnz gyong hongz
　　raemxda lae.

Laj Byasanhcuiz rumzcou bongj, fwen《Ciengq Bak Bi》daengz
　　seizneix.

【延伸阅读】

进士出身的严遂成，曾任山西临县知县，喜欢游历。本诗为诗人游经三垂冈（位于今山西省长治市郊）时有感而发，赞叹后唐开创者李克用、李存勖父子为时势英雄。李克用原为西突厥别部沙陀人，被唐朝末代皇帝昭宗收为宗室，横刀策马，骁勇善战，被封为晋王、河东节度使。但是，这位英雄对宣武节度使朱温灭唐建立后梁政权也无可奈何。单凭英雄个人难以支撑摇摇欲坠的唐朝江山社稷，而坐拥连片的城池尚可保住三晋河山。鼓角声中，油灯之下，他看到自己年衰而老泪纵横。好在英雄帐下有个5岁的奇才儿子，心中尚有些许慰藉。如今来到这冷清凄凉的三垂冈下，还能听到有人吟唱《百年歌》。这首七律，以浓缩的语言描述了重大历史事件，继而臧否历史人物，很有个性。唐末藩镇割据，天下大乱，群雄逐鹿，少数民族后裔李克用迅速崛起，创下镇守河东大地的基业。当年他在邢州（今河北省邢台市）打了胜仗，班师回晋，在三垂冈摆下酒席庆贺，席间命伶人演唱西晋陆机创作的那首记录人生从小到大、由盛到衰的乐府诗《百年歌》。唱到人衰老后"目若浊镜口垂涎"等种种哀惨状况，歌者悲恸，闻者凄怆。唯独李克用手持胡须，笑指在座的5岁儿子李存勖说："我虽然老了，但20年后这奇儿将代我在此征战！"果不其然，李存勖25岁时为完成父亲的未竟事业，在三垂冈击败朱温的部队，继而消灭后梁，建立后唐政权。一门两豪杰，父子皆英雄。故事感人肺腑，诗歌荡气回肠。

狱中题壁

〔清〕谭嗣同

望门投止思张俭，
忍死须臾待杜根。
我自横刀向天笑，
去留肝胆两昆仑。

Ndaw Lauz Sij Sei

Cingh　Danz Swdungz

Naemj daengz Cangh Genj bae dozninz,

Mbouj lau dai mingh hag Du Gwnh.

Gou gag raek cax riu coh mbwn,

Hungmbwk maenhfwd lumj Gunhlunz.

【延伸阅读】

　　谭嗣同是中国近代政治家、思想家，1898 年入京参与新政，与康有为、梁启超等燃起戊戌变法的烈火，后因慈禧太后发动政变导致变法失败。谭嗣同本在被捕之前有逃走的时间和机会，但他选择以身殉道，希望能用自己的性命唤醒更多的民众。这首诗是他题于监狱墙壁上的绝命诗。诗人写道，逃亡奔波多么窘迫，见到有人家便叩门乞求投宿，真希望避难的康有为、梁启超能像张俭一样受到人们的保护，像杜根那样忍死待机完成变法维新大业。而自己则无须潜逃，从容地横刀而出，仰天长笑。因为去者和留者都肝胆相照，像昆仑山那样矗立在人们的心中，高大巍峨，永远抹不掉。诗中借用东汉两位名士的典故暗喻康、梁，贴切恰当。江夏八俊之一的张俭遭人诬陷，四处流亡，沿途得到人们的同情，借宿送食，直至被护送出塞，保住性命。另一名士杜根，朴实大方，因反对外戚专权，邓太后下令将其打死在大殿里，行刑者仰慕其名，下手不重，并将其拉到城外，杜根伴死 3 天，终得生还，且在邓太后伏诛后被重用。变法意味着要剜去既得利益者的心头肉，变法者难免有生命危险。谭嗣同不畏牺牲，却冀望善良的人们保护改革者，让他们继续未竟事业，使国家繁荣富强。他的诗大气磅礴，诵之热血沸腾，令人感动不已。

鹧鸪天·祖国沉沦感不禁

〔清〕秋瑾

祖国沉沦感不禁，闲来海外觅知音。金瓯已缺总须补，为国牺牲敢惜身。

嗟险阻，叹飘零，关山万里作雄行。休言女子非英物，夜夜龙泉壁上鸣。

Ceguhdenh · Guekcoj Loemroengz Gag Youheiq

Cingh   Ciuh Ginj

Guekcoj loemroengz gag youheiq, bae rog ra doih guh gwzming. Diegguek deng ciemq aeu dauq dingh, gamj sij ndangmingh vih guekgya.

Baenaj gumzgamx loh nanz byaij, gouz hag caiq gyae hix aeu bae. Gaej naeuz lwgmbwk mbouj baenz saeh, giemq raeh gwnzciengz rongx mbouj daengx.

【延伸阅读】

近代爱国英雄秋瑾，号竞雄，别署鉴湖女侠。她生于祖国遭受列强环伺，面临边疆危机之时，透过中法战争、中日甲午战争与庚子国变，她看清了清政府的腐败无能，更感慨于戊戌变法的失败，于是出洋寻找救国救民之策。1904年，她东渡日本求学，作此词以抒情怀。词中对祖国饱受列强欺辱、屡遭厄运而备感悲痛，无奈之下，唯有远赴海外，探寻擘画强国之道的战友。被强盗瓜分的国土总要收复，为此，牺牲自己也在所不惜。然而，救国之路艰难险阻，诗人漂泊流浪无所依靠，嗟叹不已。正因如此，哪怕远离家乡千万里，她也要女扮男装，赴日留学。别说女子不能成为杰出人物，连挂在墙上那把名叫"龙泉"的宝剑，每天夜里都在鞘中发声呢。秋瑾对祖国的热爱并没有停留在口头上，她两度赴日，参加了同盟会，回国后办学办报，积极投身于反清革命事业，联合长江沿岸会党，开展武装斗争，声援萍浏醴起义。1907年，她参与策划安庆起义，不幸事泄，惨遭逮捕。面对清军的拷问，她坚贞不屈，从容就义，把生命献给了伟大的爱国事业。5年后，没落的清政府被推翻，中国数千年的封建堡垒轰然倒塌，秋瑾虽未见到这一天，但若她在地下有知，理应露出开心的笑容。那句"休言女子非英物"，既是她飒爽英姿的写照，又是她一身傲骨的体现。秋瑾，不愧为鉴湖边上屹立不倒的女侠。

咏怀（其三十九）

〔三国·魏〕阮籍

壮士何慷慨，志欲威八荒。

驱车远行役，受命念自忘。

良弓挟乌号，明甲有精光。

临难不顾生，身死魂飞扬。

岂为全躯士，效命争战场。

忠为百世荣，义使令名彰。

垂声谢后世，气节故有常。

Lwnh Ceiqheiq（Hot Samgouj）

（Sanhgoz · Vei） Yonj Ciz

Bouxmaengh ceiqheiq sang, sing rongx hawj biengz saenz.

Hai ci bae dawz haenz, vih guek lumz bonjfaenh.

Hwet raek naq ndeindet, lwenqmyan daenj buhdiet.

Bungz yiemj mbouj lau dai, daimingh vunz hungmbwk.

Nyienh dai dieg hoenx ciengq, mbouj nyienh gouz bauj mingh.

Cungsim fanh daih cienz, mingzdaeuz doh lajbiengz.

Lwglan cungj rox doh, heiqciet riuz cien nienz.

阮籍是三国时魏国诗人，竹林七贤之一，平生共作《咏怀》诗 82 首，此乃其一。诗中以沉雄豪迈的语言，热情讴歌不惜牺牲、为国效力的将士，赞扬他们慷慨激昂，威风凛凛，志在八方的气势。他们驾着战车，远戍边关。他们肩负重任，抛弃私念。他们腰间挂着精良的弓弩，他们身上穿着明光闪亮的铠甲。危急关头，他们奋不顾身，为国捐躯，他们灵魂高飏。他们宁愿战死沙场，也不会苟且偷生而保全性命。忠诚使他们流芳百世，侠义让他们美名显扬。军人就是这样，以视死如归的声誉传诸后代，让舍身成仁的气节万古长存。古往今来，卫国军人的崇高品格令人钦佩，传颂于城乡，流布在闾巷。在那段局势动荡，政治昏暗的岁月里，遭受迫害的阮籍愤懑异常，便故作狂态，不拘礼法以排解心中的苦闷，于是便有那些曲折隐晦的五言诗问世。然而，竹林之中酗酒纵歌无法直抒胸臆，建安文学的精髓在于表达心志，阮籍此诗，独辟蹊径，以歌颂将士为国尽忠作为目的，这何尝不是一种创作境界？爱国是从军的唯一理由，卫国是军人的神圣职责，胸怀大志者受人尊重，效命疆场者载入史册，为国捐躯者千古流芳。我们，不该向他们致敬吗？

南园十三首（其五）

〔唐〕李贺

男儿何不带吴钩，

收取关山五十州。

请君暂上凌烟阁，

若个书生万户侯？

Suennamz Cibsam Hot（Hot Daihhaj）

Dangz　Lij Ho

Lwgsai ceiq hab dawz caxvan,

Soudauq Gvanhsanh hajcib couh.

Mwngz yawj Lingzien ndaw bamlaeuz,

Bouxlawz doegsaw baenz hakdaeuz?

【延伸阅读】

"诗鬼"李贺一生仕途不顺，即便在获得一官半职之后，仍在失望中挣扎，最后离京返乡。《南园十三首》是其回家乡昌谷南园（今河南省宜阳县西）居住后所作的组诗，其多为描写田园生活。此诗判然不同，以短短 28 字发泄壮志难酬之情。明明是堂堂正正的七尺男儿，为何不带上武器去收复那被藩镇割据的五十州关塞河山呢？请你登上京师长安太极宫东北边那画有 24 位开国功臣图像的凌烟阁去看一看，又有哪个书生曾被封为食邑万户的高官贵爵？李贺为什么要写这样的诗来发牢骚呢？这得从他的经历说起。李贺早年即以诗作《高轩过》扬名，却在未到弱冠之年因要为父守孝失去考试机会，待到可以参加考试时，又因其父名"晋肃"中的"晋"与"进士"的"进"同音而犯"嫌名"，进京赶考亦未获准。几经周折，终于借父荫得到一个九品小官之职，却与其施展抱负的设想出入甚大，加上升迁无着，绝望之中，他在友人青龙寺高僧无可和尚的开导下，淡出官场，请辞返乡。世道如斯，能奈之何？牢骚归牢骚，透过李贺的诗，我们还是能看到其不甘沉沦、奋发向上的豪气。重要的是，他言出必行，辞官回乡途经潞州（今山西省长治市），为昭义军节度使郗士美的军队效劳，实现了他立志报国的愿望。

病起书怀

〔宋〕陆游

病骨支离纱帽宽，孤臣万里客江干。

位卑未敢忘忧国，事定犹须待阖棺。

天地神灵扶庙社，京华父老望和銮。

出师一表通今古，夜半挑灯更细看。

Bingh Hwnq Lwnh Simngeix

Sung   Luz Youz

Ndangbingh naiq byom mauh bienq soeng, cuengq roengz mbouj
yungh ndek bae gyae.

Vunz cienh mbouj gamj lumz guek bae, goemq faex hat suenq saeh
doekdingh.

Muengh mbwn muengh deih bauj guekgya, baihbaek caj vuengz sou
dieg dauq.

Faenh cingz naekna《Cuzswhbyauj》, diemj daeng daeuj doeg menh
cimz feih.

【延伸阅读】

与唐朝李贺以问句抒发情感的风格不同，南宋陆游表达爱国情怀的诗则平铺直叙。陆游出身于名门望族，成长在偏安的南宋，家国蒙难，颠沛流离。陆游仕途不畅，多遭排挤，报国无门。宋孝宗淳熙二年（1175 年），刚履新的四川制置使范成大将陆游拔擢为锦城参议，时隔数月，即被罢免。翌年，陆游在成都杜甫草堂附近浣花溪畔开辟菜园，躬身耕种，写下此诗。这是极为平常的一天，出门前陆游在铜镜前更衣弄发，突然发现自己被病痛折磨得消瘦不少，原本合适的纱帽戴在头上变得宽松了，这是对人们所说"无官一身轻"的别样解读吧。诗人不远万里离家来到四川，客居浣花溪边，成了一个躬耕田地的孤独农夫。即便没有官职，也放心不下南北分治这件大事，待到北伐胜利、国家统一的那一天，才能闭上双眼，进棺入土。但愿天地间的神灵都能保佑大宋江山，开封旧都的百姓都在盼望圣上的銮驾回归呢。诸葛亮的《出师表》古今流芳，诗人在夜半时分一遍一遍地细读，希望圣主能早日完成北定中原大业，重振大宋雄风。陆游是一位高产诗人，爱国精神深入他的骨髓，结合《示儿》《夜泊水村》《金错刀行》等名篇来读此诗，"一身报国有万死，双鬓向人无再青"的豪迈令人叹服。

和绍堂盘江书怀

〔清〕刘定逌

共此晦明共此身，年来共作泛舟人。

曾闻陋巷难忘世，肯向长沮错问津。

话到行藏千载梦，忧怀家国一时真。

吾儒自有同胞志，饥溺情深哪计贫？

Caeuq Saudangz Youq Dahbanzgyangh Lwnh Simsaeh

Cingh　Liuz Dingyouh

Dang hak ndojbiengz raeuz miz faenh, raeuz gaenq youq ranz haujlai bi.

Nyi youq ranzhaz caemh you guek, byaij loek gaej bae cam Cangzcij.

Dang hak ndojbiengz lumj ninzloq, you guek goq ranz cij dwg caen.

Boux rox sawfaenz ceiqheiq sang, bonjndang haemzhoj cingzngeih na?

　　刘定逌，广西武鸣壮族人，自幼好学，博闻强记，乾隆十三年（1748年），考中进士，授翰林院编修，因性格耿直，不愿趋炎附势，遭排挤后挂冠回乡。本诗为与友人游览盘江时的酬答诗。首联连用三个"共"字，表达与老友"同舟共济"的情谊。此时此刻，两位经历坎坷、在外漂流的老友一起泛舟于盘江之上，同观夜色的晦明变化，心中泛起层层涟漪。颔联，作者借用孔子高足甘居陋巷、问路无着的典故，表明自己身处逆境，但依旧伤时感事的心态。颜回身在陋巷不改其乐，不忘世事。子路向隐士长沮和桀溺询问渡口的方向，遭到拒绝与讥讽，作者借以表明即使不被他人所理解，仍应坚守初衷，为国效力的信念。颈联则联系自身，作者每谈到出仕为官和遁世隐居的不同选择，以及千百年来读书人追求功名富贵的梦想时，心怀国家、忧虑百姓的情感喷薄而出，才会感受到最真实的自己。尾联，作者抒发志向：身为儒生的我们都有忧国忧民的志向，理解百姓之心思，同情百姓之苦楚，哪能计较自己身处清贫之中呢？全诗立意高远，感情真切，其穷居僻壤而胸怀大志，心系天下而忧怀家国，其关注民生而不计得失的品格，不愧为知识分子的楷模。他表里如一，身处逆境却不甘沉沦，在桂林、宾阳、武鸣等地开设讲坛，培植学子，桃李芬芳，被当地民众誉为"吾乡第一名流"，体现出高尚的家国情怀。

春望

〔唐〕杜甫

国破山河在，城春草木深。

感时花溅泪，恨别鸟惊心。

烽火连三月，家书抵万金。

白头搔更短，浑欲不胜簪。

Seizcin Ngeix Saeh

Dangz　Du Fuj

Guekgya loemqbaih byadah youq, gou raen Cangzanh rumhaz raez.

Hoenx saw nyangz va va hix daej, dingq roeg laezheu sim cungj saenz.

Seizcin hoenx ciengq cungj mbouj daengx, miz saenq daengz ranz
　　dij baenz gim.

Yousim gvaqbouh byoemhau dinj, dinj lai naep cam cungj raen nanz.

【延伸阅读】

唐天宝十四载（755 年），安史之乱爆发，次年潼关失守，唐玄宗西逃。太子即位，是为肃宗。杜甫在安顿好家人后，便北上欲投奔肃宗为国效力，但途中不幸为叛军俘虏，押至长安。本来是草木峥嵘、花开莺飞的三月，忧心忡忡的杜甫无心赏景，写下这令人潸然泪下的诗篇。国破家亡，山河还在，但都城长安失去了昔日的辉煌，宫殿民宅陷入丛生的草木之中，街道冷清，荒芜一片。此情此景，令人感伤无限，作者看到娇艳欲滴的花朵，忍不住泪流满面。听到叽叽喳喳的鸟鸣，被吓得胆战心惊。战火持续多时，兵荒马乱中难以收到一封家信，家人是否安好不得而知，日盼夜盼，这封信可比万两黄金还要珍贵。作者愁煞白头，用手去挠，这白发竟越挠越短，短得没法插簪了。与那些描述桃红柳绿、花草繁盛、五彩缤纷的咏春诗不同，此诗以深沉的笔触、悲伤的语调描写破败的春景，在慨叹中抒情，令人心酸。那"城春草木深"的哀痛，那"感时花溅泪，恨别鸟惊心"的酸楚，那"白头搔更短，浑欲不胜簪"的无奈，令人读后不胜唏嘘。有国才有家，战争造成的家破人亡，使人明白"家书抵万金"的含义。什么是家国情怀？盼望战乱早日平息，国家复归安宁，百姓得以康乐，这即是诗中隐含的答案。"春望"能见到万物复苏、草长莺飞、生机勃勃的景象，是诗人美好的想望。

山坡羊·潼关怀古

〔元〕张养浩

　　峰峦如聚，波涛如怒，山河表里潼关路。望西都，意踌躇。伤心秦汉经行处，宫阙万间都做了土。兴，百姓苦；亡，百姓苦。

Sanhbohyangz · Dungzgvanh
Ngeix Saehgonq

Yenz　Cangh Yangjhau

　　Bya ndoi doxrangh comz baenz gyoengq, raemxlangh rongx dwk bongh mbouj dingz. Roengeq Dungzgvanh ndaej doxlienz, muengh singz Cangzanh sim nanz dingh. Siengsim doengh giz hwnq gungdienh, ciuhcinz Ciuhhan baenz namhrin. Ciuzdaih hwngvuengh lwgminz hoj, ciuzdaih daiciet hoj mbouj dingz.

【延伸阅读】

元明宗天历二年（1329年）正月，关中大旱，弃官在家的张养浩体恤民情，复出任陕西行台中丞，前往赈济，途经潼关，抚今思昔，遂填此曲。作者先从描写景色入手，秦岭的山峰层叠汇聚，黄河的波涛汹涌怒吼。潼关雄踞山腰，下临黄河，成为进出三秦的锁钥之地。接着触景忆古，遥望西都长安，往事历历在目，心潮起伏，思绪万端，久久不能平静。秦汉王朝曾盛极一时，千层楼阙，万丈宫殿，如今都化为了尘土，再无踪影，令人伤感无限。最后联系目下灾情书写感叹，不论是朝代兴盛还是衰亡，最苦的还是老百姓。阅历代王朝之兴衰，哀黎民百姓之痛楚，张养浩按描写景物—引发怀古—抒发胸臆的顺序，写下这催人泪下的作品，把忧国忧民的情感显露纸上。这种情感发自内心，行于实践。赈灾路上，他鞠躬尽瘁，遇饥者则赈之，见死者则葬之，不停奔波，终于积劳成疾，仅四个月便卒于任上，以生命的代价践行自己的理想。全词藏情于景，借景表情，情景交融，浑然一体，语不聱牙，"兴，百姓苦；亡，百姓苦"一句，尤能反映作者体贴民众的心声。

二砺

〔宋〕郑思肖

愁里高歌《梁父吟》，犹如金玉戛商音。

十年勾践亡吴计，七日包胥哭楚心。

秋送新鸿哀破国，昼行饥虎啮空林。

胸中有誓深于海，肯使神州竟陆沉？

Muzlienh Ceiqheiq

Sung　Cwng Swhsiuh

Nyapnyuk haenq ciengq《Liengzfuyinz》, singsing siliengz lumj roq cung.

Yaek hag Gouhcen miz geiqhung, yungh sim daejhauq baenz caet ngoenz.

Guek mied roegnyanh sing siliengz, ndaw fiengz guk iek rox gwn vunz.

Mieng ok vahmieng sang daemx mbwn, hwng guek dingh mbouj hawj loemqroengz?

　　郑思肖生于宋末，入元后将原名"之因"改为"思肖"，以怀念赵宋；又以"忆翁"作字，"所南"为号，"本穴世界"题名居室（"本"字的"十"移入"穴"字中间即为"宋"），念念不忘故国。砺乃磨刀石，诗题借此比作磨炼志气，连作多首，以序数词排列，此即其二。此诗以典故开首，言于烦闷忧愁之时高唱诸葛亮表达恢复中原壮志的《梁父吟》，像敲金击玉那样发出悲壮慷慨的声音。勾践卧薪尝胆十载，终于灭吴以雪国耻。申包胥赴秦哭求七天七夜，最后得到救国的援兵。萧瑟的秋天里目送大雁南归，亡国之痛，何等悲哀。大白天竟有饿虎到空荡荡的树林中觅食，荒芜景象，触目惊心。国恨家仇，不能不报，作者已在心中立下比海还深的誓言，岂能让祖国的大好河山永远分裂？这首七律，用典垒砌，自然天成，恰到好处。在作者看来，鞠躬尽瘁、死而后已的诸葛亮，《梁父吟》中为保齐国社稷而计杀勇士的晏婴，不畏失败、励精图治的越国君主勾践，为请兵纾难而哭秦廷的楚国大臣申包胥，人人都是爱国英雄，个个均为忠烈好汉，这些历史人物最值得搬出来。如果说历史是一面镜子，历史人物就是镜子里设定的参照物，这就是本诗作者用典的目的。借史咏怀，哀国亡而唤起抗争之心，是后人将此诗当作爱国誓言的关键所在。

咏煤炭

〔明〕于谦

凿开混沌得乌金，藏蓄阳和意最深。

爝火燃回春浩浩，洪炉照破夜沉沉。

鼎彝元赖生成力，铁石犹存死后心。

但愿苍生俱饱暖，不辞辛苦出山林。

Haenh Meiz

Mingz　Yiz Genh

Vat roengz namh laeg ndaej gim ndaem, yaem yo ndatraeuj cingz
　　naekna.

Feiz dawz yubyub raeuj dienyah, laj loz feiz haenq rongh lajmbwn.

Guh dingj guh cung baengh rengz hung, diet yungz rin soiq cingz lij
　　youq.

Muengh raeuz vunzbiengz gwn daenj gaeuq, mbouj lau dwgrengz ok
　　bya fwz.

【延伸阅读】

　　煤炭是植物久埋地下变成的固体可燃性矿物，古人曾误认为由铁石演化而成，它燃烧自己给人类提供热能，是用途广泛的重要能源。明朝钱塘（今浙江省杭州市）人于谦，廉政爱民，公而忘私，有着如煤炭般的高贵品格。全诗从煤炭的来源开始，着力传扬煤炭的功用：凿开混沌的地层，才能得到煤炭。这黑漆漆的煤炭，隐藏着很高的热能。煤炭燃烧以后，屋子里好像春回大地，暖洋洋的。火炉里炭火通明，打破这沉沉的黑夜。鼎彝之类的器皿依靠煤炭的火力制造而成，深埋地下的铁石转变成煤炭后，仍有造福人类之心。希望天下所有的人都能吃饱穿暖，也不枉煤炭经此辛苦，被从山林里发掘出来。作者以煤炭自喻，实为首创。煤炭燃烧自己，照亮黑暗，温暖冬日，寄托了作者鞠躬尽瘁、死而后已的献身精神。联想其早年所作的《石灰吟》，也有此番大志："千锤万凿出深山，烈火焚烧若等闲。粉骨碎身浑不怕，要留清白在人间。"一样的咏物诗作，一样的人生志向，把于谦为生民立命的鸿鹄抱负展现得淋漓尽致。在那个皇权至上的年代里，他敢于表达"社稷为重，君为轻"的思想，是多么的难能可贵。《明史》中称他"忠心义烈，与日月争光"，持论公允，恰如其分。他与宋朝的岳飞、南明的张煌言并称"西湖三杰"，这是后人对其为国为民言行的客观评价。

潍县署中画竹呈年伯包大中丞括

〔清〕郑燮

衙斋卧听萧萧竹，

疑是民间疾苦声。

些小吾曹州县吏，

一枝一叶总关情。

Youq Ndaw Yaz Veizyen Veh Faexcuk Soengq Bohlungz Bauh Goz

Cingh Cwng Sez

Ndaw yaz yietnaiq yiengjsebseb,

Sing lumj beksingq gyangz hoj lai.

Hakyienh yienznaeuz dwg hak saeq,

Nye saeq mbaw iq cingz cungj caen.

【延伸阅读】

与明朝的于谦自喻煤炭、石灰相类，清朝的郑燮的诗作也有异曲同工之妙。郑燮正名不如大号"板桥"叫得响，有如宋人苏轼之名被其号"东坡"盖过一般。乾隆元年（1736年）考中进士后，郑板桥几经辗转，出任山东潍县（今潍坊市）知县，擅长画竹的他要画一幅竹子图赠给其父郑立庵同年登科的包括，遂作此诗。诗题中"年伯"是对与父亲同年登科者的尊称，包括当时任山东布政使，署理巡抚。在汉代，御史台的职官叫"中丞"，明代改御史台为都察院，其长官都御史相当于前代的御史中丞，而到了清代，各省巡抚按照惯例兼任右都御史，故别称"中丞"。一个"呈"字，体现晚辈对长辈的谦恭敬意。诗中借作画而抒发情怀，作者称其画毕正在衙署中供职官闲居之所卧床休息，忽闻墙外的竹林被风吹得沙沙作响，联想能力丰富的作者在脑海中泛起遐思：这响声多像贫穷疾苦的老百姓发出的哀号啊。感叹之余，作者陷入沉思，跟那些不直接与老百姓打交道的高层相比，知州、知县是出巡仪仗中不举"回避"牌的"亲民之官"，又被称为老百姓的"父母官"，是要给底层民众办实事、解决实际困难的，品秩低微却责任重大，民众疾苦无小事，哪怕是细小的一枝一叶，都应该全面了解，予以关注，倾情相助。确然，郑板桥是一位说到做到的官员，无论是主政范县，还是出知潍县，他都勤勤恳恳，为民办事。因此，他61岁离任时百姓遮道挽留，家家画像以祀之。

受儒家文化熏陶，和睦相处是令人期盼的理想状态。世世代代，人们都在努力追寻这一目标，并努力加以践行。泱泱中华犹如一个温暖的家庭，每个成员之间你敬我爱，其乐融融。

在杜甫的笔下，鄜州羌村的村民相处是多么融洽，令人羡慕。在王维的诗句中，夕阳下渭水两岸淳朴可爱的村民，竟使诗人想离开官场到这里隐居。西南的巴峡地区社会安定，秩序井然，老百姓和睦相处的情形，也被诗人展现无遗。那里的牧童悠然自得，也是民众生活安然的缩影之一。

不消说，安定的社会环境是民众生活安逸的基础。譬如晏殊所写春季祭祀活动的情景，岑参所写汉族将军与少数民族首领进行骑射比赛的景象，少数民族挽留汉族官员继续任职的场面，乃至众多赞颂被贬官员在民族地区发出正能量的诗句，都体现出民族和谐交往为社会进步、人心稳定发挥了不可估量的作用。

为此，全真道士丘处机劝说成吉思汗珍惜和平，与民同乐；柳宗元到柳州当刺史，努力学习民族语言，融入当地；康定地区政府官员在各族中遴选，公文用多民族文字颁行。这些做法被前人用诗词记录下来，读来琅琅上口，引人深思。

　　祥和的气氛多么令人向往。你看，繁盛的唐朝气象万千，元宵时节京都一片祥和，喜气洋洋，热闹非凡。西北民众自由婚嫁，塞外牧区养驼业蓬勃发展，归化城商业繁盛，土尔扈特人万里东归，回到祖国怀抱。这是国家强大、有吸引力的体现。

羌村三首（其三）

〔唐〕杜甫

群鸡正乱叫，客至鸡斗争。

驱鸡上树木，始闻叩柴荆。

父老四五人，问我久远行。

手中各有携，倾榼浊复清。

苦辞酒味薄，黍地无人耕。

兵革既未息，儿童尽东征。

请为父老歌，艰难愧深情。

歌罢仰天叹，四座泪纵横。

Mbanjgyangh Sam Hot（Hot Daihsam）

Dangz　Du Fuj

Gaeq luenh hemq luenh faengz, hek daengz cix doxlaeh.

Gyaep de hwnj gwnz faex, dingq vunz laeh doufaz.

Geij boux laux daeuj ra, cam ngoenz maz dauqdaeuj.

Dawz caz youh dawz laeuj, ndingq daeuj miz noengz saw.

Laeuj cit hoj gangj yawz, reihnaz law mbouj raeq.

Bingmax luenhsaesae, lwg caez bae hoenxciengq.

Daeuj gou ciengq hot go, gyo gyoengqlaux cingzngeih.

Ngiengx gyaeuj gag danqheiq, seiqmienh raemxda roengz.

【延伸阅读】

　　唐肃宗至德二年（757 年），秉性正直的杜甫刚刚复官，又因铮铮谏言使得皇上很不高兴，皇上便以放探亲假为由，令其离开京都，回鄜州羌村（今陕西省富县茶坊镇大申号村）探望在此躲避战乱的家小。得知大诗人远归，客人纷纷前来拜访，使这个以羌人居多的小山村沸腾起来。恰在此时，不知趣的鸡群活蹦乱跳，诗人只好把它们驱赶上树。敲击柴门声响起，原来是村中几位长者携带礼物来看望诗人。这些礼品都是自家酿造的酒，有清有浊，品质不一，来客不好意思地一再解释说：这酒之所以不够香醇，是村里的青年人都征战去了，田地失耕，收成不多的缘故。但诗人仍被老人们赤诚的心所打动，满怀深情地为他们唱起歌来，以表谢意。吟唱完毕，四周俱寂，诗人情不自禁地仰天长叹，老人们也都热泪纵横，悲伤至极。

杜甫不愧是现实主义的写作高手，读罢此诗，那幅描绘社会实景的图画萦绕脑海，久久不能逝去。诗人以群鸡乱叫道出兵荒马乱的时代底色。在此基础上设置乡亲提酒来访的普通场景，谁知开场过后竟是酒味寡薄缘由的阐述，并归诸战争，其逻辑之缜密，其道理之明晰，令人钦佩不已。诗人的落脚点立足于人性的根基之上，都说日子难熬，情谊却在，诗人的歌和乡亲的泪，不正是那浓浓的乡情厚意，伤感中的其乐融融吗？

渭川田家

〔唐〕王维

斜光照墟落，穷巷牛羊归。

野老念牧童，倚杖候荆扉。

雉雊麦苗秀，蚕眠桑叶稀。

田夫荷锄立，相见语依依。

即此羡闲逸，怅然吟式微。

Ranzmbanj Veiconh

Dangz　Vangz Veiz

Ndithaemh ciuq ranzmbanj, cwz yiengz ganj dauq riengh.

Bouxlaux muengh lan ma, doufaz gaemh dwngx deq.

Roeg heuh meg heuseq, non reh mbawsangh roz.

Vunz gwed gvak gwed so, habhoz gangj raihraih.

Danq saedceij cwxcaih, doeknaiq ciengq Sizveiz.

　　王维于唐玄宗开元九年（721年）中进士后，仕途不畅，过着半官半隐的生活。天宝三载（744年），他在辋川山谷（今陕西省蓝田县西南）营建园林别墅，以便隐居。期间写下此诗，借咏田园山水风光，聊补现实生活的空虚。全诗不惜笔墨，描画农人傍晚收工回家的见闻与感想，引人入胜。你看，夕阳照耀着渭水岸边宁静的村庄，忙碌的一天行将结束，归栏的牛羊慢悠悠地走回深巷。惦念着放牧的孙儿，老汉拄着拐杖，在柴门前张望等候。那边，野鸡咕咕鸣叫。田地里，麦苗长势喜人。蚕儿蜕皮作茧，桑叶稀稀落落。收工的农夫们肩扛锄头回到村口，相见时亲切絮语，在欢声笑语中依依惜别。见到这样情感朴实纯真的邻里关系，顷刻间，诗人情不自禁地吟唱《诗经》中那首直切归隐的《式微》。有过乡村生活经历的人，对这一切并不陌生，但要把它状摹得如此细致入微，活灵活现，生动有趣，却非一般写手能为。王维不愧为山水田园诗派的领军人物，能将此诗写得如此清新自然，轻易地化平凡为神奇，无人不为之佩服。如果说李商隐的"夕阳无限好"有点抽象，那把王维见到的这些实景嵌入，不就充盈饱满了吗？都说朝晖催人奋进，晚霞引人遐思，王维笔下这斜阳下动静结合、色彩鲜明的乡野生活图景，绝非无谓的白描直露，而能勾起读者的思绪：祖国壮丽的山水景色、秀美的田园风光，多么值得珍视，多么值得热爱！此外，其背后还隐含这样的深层潜台词：乡野生活这么丰富有趣，自己又何必在这相互倾轧的宦海中苦苦挣扎呢？

晓行巴峡

〔唐〕王维

际晓投巴峡，馀春忆帝京。

晴江一女浣，朝日众鸡鸣。

水国舟中市，山桥树杪行。

登高万井出，眺迥二流明。

人作殊方语，莺为故国声。

赖多山水趣，稍解别离情。

Haet Bae Bahyaz

Dangz　Vangz Veiz

Bae Bahyaz haetneix, ngeix gingsingz cin cod.

Sau dajsaeg baksok, gaeq haen ok nditromh.

Gyanghaw ruz baenz rongh, gwnzgiuz dongj faexnga.

Hwnj sang raen fanh gya, yawj gyae dah sawcingh.

Vunz gangjvah dieg lingh, roeghenj sing mbanj raeuz.

Bya raemx miz yinxdaeuz, gej simyou doxbiek.

【延伸阅读】

本诗是王维入蜀途中游历巴峡（今重庆市巴南区至涪陵区间诸峡）时，就所见景物与所生感悟而作。诗中向读者展现了一幅暮春清晨长江中游沿岸民众色彩斑斓的生态环境和生活图景。既有冉冉升起的朝阳，又有晴朗明媚的江岸；既有霞光下浣衣的姑娘，又有群鸡欢快的鸣叫；既有水上人家沸腾的船上集市，又有横跨树梢的山间桥梁；既有登高目及的市井，又有远望所见的阆、白两河；既有言语各异的八方来客，又有啼叫乡音的艳雀黄莺。这些自然景色给人予强烈的立体之感，平视与俯瞰，陆上与水中，山野与河流，桥梁与树梢，公鸡与黄莺，浣女与商贾，叫卖声与鸡鸣声，动静交织。重要的是，诗人高超的文字组织能力，让读者延续琢磨动静画面留下的广阔空间，诸如浣女之青春靓丽，洗涤之神情仪态，纤细灵巧的双手，乃至江中泛起的漪澜，江岸美丽的风光……尽可遐思不辍。作者以画入诗，诗中有画，景象奇特，使得全诗字句清新，情趣盎然。而这幅生动活泼的图画，孔玑翠羽，自成华彩，将巴峡地区社会安定、次序井然，老百姓和睦相处的情形展现无遗。巧妙的是，诗人将不同的方言异音和相同的莺啼鸟叫相互比照，借以凸显在外漂泊者的思乡情结，着实高明。而在篇章结构方面，作者注重前呼后应，先写在晚春这个行将换季时节因远行而思念遥远的京城，后以眼前看到巴峡的山水民情而"稍解别离情"收笔，紧扣主题，远近相搭，错落有致，视野广阔，情景交融，意味无穷。

巴女谣

〔唐〕于鹄

巴女骑牛唱竹枝，
藕丝菱叶傍江时。
不愁日暮还家错，
记得芭蕉出槿篱。

Fwen Mbwk Bahsuz

Dangz Yiz Huz

Saunyez gwih vaiz ciengq Cuzcih,
Ndiqndiq hamq dah va'ngaeux rang.
Mbouj heiq mbwnlaep byaij loh van,
Go'gyoij naj ranz raemh doulag.

【延伸阅读】

　　巴，今四川巴中一带。唐代诗人于鹄应举不第，隐居汉阳，其诗多描写隐逸生活，此诗为其出游巴地所作，流传广泛。本诗语言清新，自然朴实，缓缓向我们展示了一幅当地乡间晚景图。前两句，作者从观察者的角度，描绘了所见情景。日暮时分，一位巴地少女骑在牛背上，优哉游哉地唱着当地民歌竹枝词。夕阳洒在江面上，波光粼粼，水边的荷花、菱叶随着水流摇动，人、牛、歌、藕、菱、江一齐登场，搭配得当，画面感强。后两句，作者转换角度，以少女的口吻，交代了这位少女晚归而不怕认错家门的原因，因为芭蕉树伸出槿篱的那户，就是她的家。短短四句诗，勾勒出夏日傍晚牧归少女的天真烂漫，乡间生活的恬静和谐。与歌声、菱藕交相映衬的，是那芭蕉树掩映的农家小院，还有翠绿肥大的芭蕉伸出篱笆外的景象，它们深深印到读者脑海之中，浮现在读者眼前。人景互相映衬，动静相互交织，既有视觉上的享受，又有听觉上的体验，既有诗人细腻的观察，又有读者的想象的空间。

破阵子·燕子来时新社

〔宋〕晏殊

　　燕子来时新社，梨花落后清明。池上碧苔三四点，叶底黄鹂一两声，日长飞絮轻。

　　巧笑东邻女伴，采桑径里逢迎。疑怪昨宵春梦好，元是今朝斗草赢，笑从双脸生。

Bocinswj · Enq Daeuj Seiz Caeq Cin

Sung　Yen Suh

　　Enq daeuj seiz caeq cin, valeiz loenq liux daengz cingmingz. Gyang daemz ngawhrin sam seiq diemj, gwnz faex roeghenj it ngeih sing, ngoenz raez cehliux mbin.

　　Sau ranzhenz riunyingq, mbaet sangh caep lohbingz. Laihnaeuz haemhlwenz fangzhwnz angq, laxlawz haetneix doxdoj hingz, song gemj riu mbouj dingz.

【延伸阅读】

"社"乃土地之神（亦即"社神"），后演化为祭祀土地神的地方或日子。因燕子在立春以后北归，人们便在春分前后祭祀土地神，祈求年岁丰收，是为春社。晏殊此词，上片写春天景致，下片写人物活动，把春游写得有声有色。开头连用两个对偶句，先用动物与植物分别引出两个节日，再用动物与植物深化春景，"碧苔"在"池上"，"黄鹂"在"叶底"，有三四点碧苔缀着池中清水即足矣，有叶底的一两声黄鹂的啼叫就够了，简洁凝练，形象生动。应该加上的是，白昼变得越来越长，柳絮随风轻轻飞舞，以进一步补充春天的特点，突出春天的个性。晏殊不仅善于捕捉瞬间景物，而且长于借景阐发，推景及人，于是有了佳丽踏青春游的描写。诗人巧妙地通过渲染"巧笑"的表象、因由，出人意料地把春游写出新的意境，切题而不生硬，令人拍案叫绝。你看，采桑路上巧遇的东邻女伴，从她的吟吟笑声中，可以看出她心中充满喜悦，难道是她昨晚做了个美梦？才不是呢，是她今天早上在斗草游戏中获胜了。此词对仗工整，自然天成，句式错落有致，语意跌宕起伏，读来琅琅上口。通过对春游的描述，年景风调雨顺，社会安定和谐，百姓安居乐业的画面映入眼中。

赵将军歌

〔唐〕岑参

九月天山风似刀，
城南猎马缩寒毛。
将军纵博场场胜，
赌得单于貂鼠袍。

Go Cau Cienghginh

Dangz　Cwnz Sinh

Gouj nyied Denhsanh rumz baenz cax,

Singznamz fad max nitraerae.

Cienghginh doxdax nyingz vang raeh,

Hingz ndaej Canzyiz geu buhnaeng.

天宝三载（744年），岑参进士及第，后被授予右内率府兵曹参军等职。749年，岑参首次出塞，入安西四镇节度使高仙芝幕。754年再次出塞，入北庭都护封常清幕任节度判官。两次从军边塞，他创作了不少边塞诗，此即其一。赵将军，名字不详，或曰疏勒守捉使赵崇玼。此诗先写塞外气候恶劣和戍边将士生活的苦寒。位于欧亚大陆腹地的天山，又称"雪山"，因一年四季皆积雪之故。农历九月以后，寒气凛冽，风一吹来，有如刀割一般，刺入骨髓。在这严寒之中，边疆卫士的战马也不好过，刚刚离开马厩，前往城南出猎，便瑟瑟发抖，鬃毛紧缩。即便是在这样的冰天雪地里，保家卫国的军人仍然士气旺盛，军营生活十分活跃，各种军技竞赛热火朝天。作为指挥官的赵将军，身先士卒，做出表率，在博弈场上从未输给对手。在一次竞赛中，他跟西北少数民族首领单于打赌，竟然赢得了单于身上的貂鼠袍。

唐代边塞诗兴盛，作品众多成就巨大，但用岑参这一眼光来写者，并不多见。天寒地冻中的军姿，雪花飘散时的军营，在他笔下绘声绘色、人欢马腾的边防景象，在冰封大地里显得特别伟岸。尤其可贵的是，他描写了汉族战将与少数民族首领进行竞技比赛的场景，体现了各族军民亲密团结，共同维护边疆稳定和祖国统一的友善气氛。

敦煌太守后庭歌

〔唐〕岑参

敦煌太守才且贤，郡中无事高枕眠。

太守到来山出泉，黄砂碛里人种田。

敦煌耆旧鬓皓然，愿留太守更五年。

城头月出星满天，曲房置酒张锦筵。

美人红妆色正鲜，侧垂高髻插金钿。

醉坐藏钩红烛前，不知钩在若个边。

为君手把珊瑚鞭，射得半段黄金钱，此中乐事亦已偏。

Go Ranzlaeng Daisouj Dunhvangz

Dangz　Cwnz Sinh

Dunhvangz daisouj caen naengzganq, ndawbiengz andangq ninz
　　caemmeu.

Daisouj daeuj daengz raemxmboq biu, diegsa namh niu ndaej ndaem gyaj.

Gyoengqlaux mumh hau daeuj gangjvah, siengj hah daisouj seiqhaj hop.

Gwnzsingz ndwen ok ndaundeiq nyingz, baihlaeng ranzding baij
　　laeuj hoih.

Cang ndang cang ndoek gyoengq sauoiq, gwnz gyaeuj duqbyoem
　　boiq gimcam.

Diemj lab yo ngaeu riucancan, boux gyaeuj boux gyang nanz yawjok.

Bang mwngz dawz bien menh caemciek, buek deng dingz ndeu hix
　　ndaej ngaenz, guh'angq guhsaengz gangj mbouj caenh.

【延伸阅读】

　　郡为中国古代行政区划名称，长官为太守。敦煌郡亦作"炖煌郡"，位于今天的甘肃省敦煌市。天宝八载（749年），岑参初次出塞途经敦煌，听闻该郡太守兢兢业业，躬身为民，颇有政声，遂作诗赞扬他才贤兼具，把全郡治理得井井有条。使百姓安居乐业，共享太平盛世。太守重视农田水利建设，将天山的泉水引到沙漠中，把黄沙地变成可耕作的农田。太守政绩卓著，深得民心，郡中鬓发斑白、德高望重的老人都希望他五年期任满后，再留任一届。月亮爬上城头，繁星满天之时，太守在宅邸后庭摆开筵席。精心打扮的舞女前来助兴，她们梳着高髻，头发侧在一边，发上插着金钿，如花似玉。酒过三巡，主客微醉，开始在烛火下玩起藏钩游戏，表演者单手握拳藏钩，让人猜测钩在哪只手中。借着酒兴，诗人也想给宾朋们露一手，手持珊瑚装饰的鞭子，估摸着指向藏钩的那只手，有对有错，结果赢得了半串金钱。全诗通过讴歌郡守的政绩和记录席间游戏，展现了当时西北边疆地区物阜民丰，社会安定，歌舞升平，百姓和睦的图景。

送杜少府之任蜀州

〔唐〕王勃

城阙辅三秦，风烟望五津。
与君离别意，同是宦游人。
海内存知己，天涯若比邻。
无为在歧路，儿女共沾巾。

Soengq Du Saufuj Bae Suzcouh Guhhak

Dangz　Vangz Boz

Gvanhcungh sam gak hoh Cangzanh, minjgyangh haj sok lah mbouj
    raen.

Caeuq mwngz doxbiek cingzngeih caen, hak youz goekgaen cungj
    ityiengh.

Gwnzseiq ndaej mwngz gyau beixnuengx, dinmbwn boux mbiengj
    dangq ranzhenz.

Yaepdi biek bae daengz loh nden, gaejyungh simsenz raemxda rih.

【延伸阅读】

　　王勃是"初唐四杰"之一，虽仅活了27岁，却有不少文学作品存世，其诗以五律和五绝闻名。此五律诗为其送杜姓友人赴四川担任县尉（亦称"少府"）而作，是迎送诗中的珍品。怀着依依不舍的心情，作者登上京城长安的城楼，极目远眺，见到京城的城阙在三秦之地（今陕西省）的拱卫之下。透过弥漫城市上空的风烟，仿佛望见岷江上的白华津、万里津、江首津、涉头津、江南津5个渡口。两地相距如此辽远，我你分别，伤心无限，但彼此都是远离家乡到天南海北做官的人啊。别难过，只要世上还有你这个知心朋友，即使相隔天涯，也像近在咫尺。临别之际，别在岔路口像小儿女那样哭得涕泪沾巾。自古离愁别绪，常被文人墨客夸张渲染，令人潸然泪下。王勃此诗，一改悲情，宽慰朋友，话语赤诚，情深意切，令人感动。友情亲情是割不断的纽带，知心知己不会因距离拉长而疏远，这才是本诗的要旨。知己者心心相印，亲密无间，无人质疑。诗中颈联"海内存知己，天涯若比邻"，化用曹植"丈夫志四海，万里犹比邻"句，青出于蓝而胜于蓝，成为千古佳句。

闻王昌龄左迁龙标遥有此寄

〔唐〕李白

杨花落尽子规啼，
闻道龙标过五溪。
我寄愁心与明月，
随君直到夜郎西。

Nyi Vangz Canghlingz Doekyaemh Lungzbyauh Daj Gyae Geiq Sei

Dangz　Lij Bwz

Valiux loenq le roegdinghgeng heuh,
Dingqnaeuz Lungzbyauh gvaq Nguxrij.
Gou geiq ronghndwen daiq vijsij,
Caeuq mwngz doxndij daengz Yelangz.

【延伸阅读】

　　李白一生喜交友，不论年岁长幼，只要脾气相投，皆可成为好友。王昌龄原任江宁（今江苏省南京市江宁区）县丞，受朝堂党争影响，因未拘言行小节，于唐玄宗天宝七载（748年）被贬至龙标（今湖南省洪江市）当县尉。诗人闻及此事，遂作此诗，以表慰藉。题中"左迁"，乃"贬官"之谓。此七绝诗，首先点出节令和写作因由。那是柳絮凋落、杜鹃哀啼之时，听说你正在前往贬谪地途中，而且过了武陵的五溪。前路艰难，我把对你的牵挂托付明月捎去，跟随你一同去到夜郎西边的龙标县。此诗主旨是吐露衷情，表达方法却不直白，而是以物表意，在婉转中增加美感。"杨花落尽子规啼"，把王昌龄被贬逐的哀伤拔高到无以复加的程度，杨花即柳絮，落尽何其悲凉。子规即杜鹃，啼声何其悲惨。读读苏轼笔下的"细看来，不是杨花，点点是离人泪"，吟诵杜甫所写的"两边山木合，终日子规啼"，多少悲苦哀怨道不尽，多少离愁别绪涌心头。王昌龄在这样的情况下从繁华的江宁去闭塞的龙标，其悲切之深为后面抒发友情奠定了坚实的基础。紧接着，"我寄愁心与明月"以穿云破雾之势跃出纸面，后面还要加上一句"随君直到夜郎西"，多好的朋友才有这样温馨的抚慰，当事人体会最深。中国人珍重友谊，在李白诗中可以看到样板。

秋日题池南壁间

〔宋〕李光

牢落双泉一病翁，十年忧患扫还空。

荷稀竹密宜秋雨，户窄檐低耐飓风。

尽日抄书北窗下，有时闲步小桥东。

谁知万水千山外，亦与乡居兴味同。

Seizcou Roengz Sei Gwnz Ciengz Ciznanz

Sung　Lij Gvangh

Doek guem Sanghcenz baenz goenglaux, cib bi simnyaux ndaej
　　sanqbyoemq.

Ngaeux cax cuk deih ndoj fwn'oemq, dou heb yiemh daemq dingj
　　rumzguengz.

Daengxngoenz sij saw laj conghcueng, saekseiz hamj mieng bae
　　byaijloh.

Cien gyae fanh gyae byawz ndaej rox, lumj youq diegcoj angqfwngfwng.

【延伸阅读】

　　南宋四大名臣之一的李光，官至参知政事（副宰相）。因与宰相秦桧不和，一再被放逐。宋高宗绍兴十五年（1145年）被贬琼州（今海南省东北部），愈贬愈远，以"转物老人"自号。打击接二连三，他却强打精神，于萧瑟的秋天写此七律以自我开解。遭贬到这偏远的不毛之地，有如坐牢一般。站在双泉边上，我这疾病缠身的老头，把十年的忧患一扫而光。荷叶稀疏，竹叶茂密，秋雨渐渐。门户窄小，屋檐低矮，却能抵御猛烈的飓风。每天在朝北的窗户下抄书，又闲庭信步到小桥的东边。谁能想到在千山万水之外，我的兴趣与在家乡时相同。题中的池即泉，池南即双泉之南，双泉位于今海南省海口市琼山区北部苏公祠内，北宋苏东坡被贬至此时挖了两口水井，解决了周边百姓的饮水问题。李光被贬至此，将其命名为"金粟泉"与"洗心泉"，并建"双泉亭"以护之。联想到苏轼的坎坷经历与己何其相似，他便有感而发，题诗于泉南边的亭壁上。李光是历代贬谪海南岛时间最长者，前后长达14年，期间藏书被烧，又被告讥谤朝政，加之长子客死琼州，次子被诬私撰国史而立案，后自己又被移置海岛西北的昌化军。但他身处逆境而坚贞不屈，率众修整双泉，发展教育事业，论文考史，在海南所作诗词就有238首存世，占其作品总数之半。李光深得百姓爱戴，百姓在海口五公祠为其立起雕像。他命运多舛尚能安然自得地与当地民众和睦相处，值得后人敬仰。

九疑吟

〔宋〕苏轼

九疑联绵属衡湘，苍梧独在天一方。

孤城吹角烟树里，落月未落江苍茫。

幽人拊枕坐叹息，我行忽至舜所藏。

江边父老能说子，白须红颊如君长。

莫嫌琼雷隔云海，圣恩尚许遥相望。

平生学道真实意，岂与穷达俱存亡。

天其以我为箕子，要使此意留要荒。

他年谁作舆地志，海南万里真吾乡。

Ciengq Giujyiz

Sung   Suh Siz

Giujyiz bya riengh dieg Hwngzyangz, canghvuz mbwn sang youq
　　lingh byongh.

Ndaw singz ci hauh ranz caengz rongh, ndwen yaek doekcongh dah
　　mongmeiq.

Gou rub gyaeujswiz naengh danqheiq, yaeb daengz giz deih cangq Sindi.

Goenglaux biendah naeuz mwngz nyi, mumh hausisi sang lumj beix.

Gingz Leiz gek haij gaej yiemzheiq, vuengzdaeq hawj raeuz muengh

    song baih.

Ciuhvunz hag dauh aeu saedcaih, gungz fouq hwng baih sim mbouj gwx.

Mbwn yaek cawq gou guh gihswj, daeujdaengz diegcwx louz cawjeiq.

Ngoenzlaeng sij saw gangj deihleix, roxgeiq Haijnanz dwg mbanj gou.

【延伸阅读】

　　苏轼被贬海南，其弟苏辙（字子由）亦因上书反对恢复熙宁新法而被贬雷州（今广东省湛江市代管的县级市），双双落难。宋哲宗绍圣四年（1097 年），苏轼被谪海南，途经广西梧州时知晓其弟行至藤州（今广西藤县），便赶去相会，并借山抒怀，作诗互励。九疑，即九嶷山，连绵不断，坐落在衡山湘水之间，梧州（苍梧古国故地）的白云山是九嶷山余脉，远在天边。梧州是荒野之中的一座孤城，号角声湮没在浓雾笼罩的树林里。月亮还没有完全落下，江面上一片苍茫景象。我抱着枕头难以入睡，只能坐起来叹息，忽然间，我竟然来到了舜帝驾崩之地。江边父老们说见过你，白色的胡须、通红的脸颊，长得像兄长我一样。不要嫌贬谪地琼州（今海南省海口市一带）与雷州相隔着大海，至少皇上还是恩准我们兄弟俩隔海相望。我们平生真心实意学道，怎能因一时的穷困或发达就改变了心志？既然老天要我效仿当年因政途不顺东渡建立朝鲜的箕子，我也要留在炎荒偏僻的海南，把自己视为海南的一分子。等到以后有人写舆地志类的著作，就把海南算作我真正的家乡吧。这首七言古诗，记录了苏轼对于贬谪海南的积极态度，既自我安慰，又勉励弟弟，扬起人生的风帆。他那扎根海南，与当地百姓和睦相处的志向，在后来的三年流放生涯中得以践行，受到海南人民的拥戴。

复寄燕京道友

〔元〕丘处机

十年兵火万民愁，千万中无一二留。

去岁幸逢慈诏下，今春须合冒寒游。

不辞岭北三千里，仍念山东二百州。

穷急漏诛残喘在，早教身命得消忧。

Caiq Geiq Doengzdauh Yenhgingh

Yenz　Giuh Cu'gih

Cib bi doxhoenx beksingq you, lix roengz saek boux fanh cien dai.

Bi'gvaq ciepcoux saw vuengzdaeq, bineix soemh nit hwnj baihsae.

Sam cien leix gyae mbouj lau hoj, ndiep doh Sanhdungh song bak couh.

Beksingq daiiek vunz hojsouh, maqmuengh banggouq cauh gyaranz.

【延伸阅读】

丘处机，字通密，号长春子，山东登州栖霞（今山东省栖霞市），为金末元初道士，是道教全真派创始人王重阳七位嫡传弟子之一，奉行济世度人的教义，隐居修炼。1219年，蒙古国皇帝成吉思汗派使臣请他去讲长生之术，丘处机想借机劝其清心寡欲，怀万民以成天子。此诗写于西行之时，诗中说明出行的目的，指出宋、金、元之间的战争已经持续了十余年，民众大量死于兵燹，千万人中没有一两个活命，令人无比忧愁。去年陛下赐诏书邀约相见，是我三生有幸之事。今年这个时候天气虽然仍然寒冷，但还是应当启行了。此行要穿越岭北，向西跋涉三千里，但为了山东两百州民众能生存，再苦再累也值得。那里的老百姓在极度的困境中苟延残喘，十分可怜。希望英主能早日制止战乱，使他们保全生命，消除忧虑。

丘处机以年逾七旬之身，率18名弟子，历时2年多，跋涉万里，来到今阿富汗境内兴都库什山西北坡的八鲁湾行宫谒见了成吉思汗，成吉思汗十分感动。当成吉思汗问及长生之药时，丘处机答以世上"有卫生之道，而无长生之药"。成吉思汗三询卫生之道，丘处机以敬天爱民，减少杀戮，清心寡欲等回应。成吉思汗大为赞赏，称丘处机为"神仙"，赐给金虎符、玺书，令其掌管天下道教，免除道门赋税和徭役。1223 年，丘处机辞别成吉思汗，启程东归。丘处机在东归途中，便嘱咐弟子要认解救战乱中的难民为"修行之先务"，施行"立观度人"计划，让战争中被迫成为奴隶、失去生计的人持度牒为全真道士，数万人因此得以活命。丘处机劝说成吉思汗放弃屠刀，珍惜和平，友好相处，实乃大道之心。

柳州峒氓

〔唐〕柳宗元

郡城南下接通津，异服殊音不可亲。

青箬裹盐归峒客，绿荷包饭趁圩人。

鹅毛御腊缝山罽，鸡骨占年拜水神。

愁向公庭问重译，欲投章甫作文身。

Vunzmbanj Liujcouh

Dangz　Liuj Cunghyenz

Aensingz baihnamz sokdah laeg, buhvaq lingh saek vah lingh cungj.

Rongmbon suek gyu ma ranz rungh, mbawngaeux cumh ngaiz daeuj

haw gyae.

Bwn hanq nyib denz dingj nit nae, boek gaeq cam bi baiq duzloiz.

Simnyap saemjsaeh aeu vunz hoiz, yaek boiz mauhguen guh vunzmbanj.

【延伸阅读】

　　进士出身的柳宗元，曾官拜监察御史里行。因参与永贞革新，失败后遭到清算，先被贬为邵州（今湖南省邵阳市）刺史，尚未到任，再贬永州（今湖南省永州市）司马。唐元和十年（815年），又贬为柳州（今广西壮族自治区柳州市）刺史。本诗作于其到任一年半后，记述以壮族先民为主的柳州一带少数民族风习及感言。峒亦作"洞"，指南方少数民族聚居地。作者据到任后的见闻，称柳州郡城之南，有四通八达的渡口，渡口上人声鼎沸，但他们衣着奇异，操着听不懂的语言，难以亲近。赶圩的人们用绿色的荷叶来包饭，散圩时用箬竹叶片包盐回家。他们用鹅毛缝制毡子御寒，用鸡骨占卜年景，还祭拜水神。由于言语不通，公堂上断案令人发愁，不得不借助翻译才能解决问题。为了能融入他们的生活，我愿脱掉官服，像他们那样文身。作者以细腻的笔触，记录了桂中地区少数民族的语言、服饰、风习、信仰等状况，用异服殊音、箬叶包盐、荷叶包饭、鹅毛缝罽、鸡骨占卜、祭拜水神、披发文身等亮眼的语词，把这首诗打造得棱角分明，个性十足。柳宗元屡遭贬谪而不气馁，在柳州履职四年多，用实际行动履行了"欲投章甫作文身"的承诺，适应当地少数民族风俗，与当地民众和睦相处，为南国繁荣做出了巨大的贡献，直至卒于任上。看如今柳州市内的柳侯公园、柳侯祠、柳宗元衣冠冢、柑香亭（柳宗元种植黄柑纪念地）、西江路与静兰路交会处金鸡岭上那尊三十米高的巨型花岗岩柳宗元雕像，便可知民众对这位"柳柳州"的缅怀了。

别海南黎民表

〔宋〕苏轼

我本海南民，寄生西蜀州。

忽然跨海去，譬如事远游。

平生生死梦，三者无劣优。

知君不再见，欲去且少留。

Biek Beksingq Lizcuz Haijnanz

Sung　Suh Siz

Gou bonj vunz Haijnanz, suzcouh ranz geiq mingh.

Gaglingh bae hamj haij, dangq ndaej vaij dieggox.

Ciuhvunz dai lix loq, ndei yoq cungj ityiengh.

Nanz muengh caiq doxraen, daengz neix baen loh biek.

【延伸阅读】

宋制，犯事文官贬而不杀，重罚者放逐岭南，更重者贬谪海南。哲宗元符三年（1100 年）六月，在海南度过了 3 年贬谪生活的苏轼遇赦。离岛北归之时，他心潮起伏，感慨万端，写下这首对流放地难舍难分的诗歌，表达依依不舍之情。开篇，作者把自己说成是海南民众的一员，定下基调，并将故乡巴蜀视为寄生之地，进一步强调在其人生旅途中贬谪地比出生地还重要，短暂的贬谪生活在毕生长河中地位不轻。在此基础上，作者把渡过琼州海峡去流放地视为轻松愉快的一次远游，毫无压抑难受之感。这还不算，作者还把生、死、梦看得普通平常，没有什么优劣之分，慷慨洒脱，落落大方。末了，作者紧扣诗题，深沉地道出惜别之情：茫茫大海很难让我们再有会面的机会，亲爱的朋友，就此止步吧！泪止否？悲凉乎？送客至此，想必难以抑制内心的感动，更难平复那份离愁别绪。是啊，流放本属不幸，但渡海前他曾向弟弟表白"要使此意留要荒"，更认定"海南万里真吾乡"，这是多么恢廓大度的襟怀，这是多么乐观豁达的心态。言必信，行必果，苏轼在海南结交了很多朋友，初到时那间雅名"桄榔庵"的小茅屋，就是邻居好友们七手八脚搭盖起来的。至于那上千个你来我往的温馨日夜，又有多少值得眷恋的宝贵记忆。别了，海南岛！别了，亲朋好友！就让这记忆珍藏在诗中吧。

打箭炉词二十四章（其四）

〔清〕庄学和

披罽提鞭呼戟辕，

双环小吏著绯裤。

周围文武分衙四，

一体寅恭满汉番。

Swz Dajcenluz Ngeihcib Seiq Cieng（ Hot Daihseiq ）

Cingh　Cangh Yozhoz

Longz cien fad max haeuj guenfouj,

Haksaeq dingjrouj vaq hoengzgieng.

Seiq henz vwnzgvanh caeuq vujcieng,

Manj Han riengz Cang caemh goenggingq.

【延伸阅读】

　　一首《康定情歌》曾经打动多少人的心，其情歌旋律，深深印在人们的脑海中。殊不知，这首歌中的康定，原名打箭炉，清朝光绪三十四年（1908 年）设置康定府，民国二年（1913 年）设康定县，2015 年撤县设市。作为清朝平定金川的督运粮草官员，庄学和的足迹遍及这弹丸之地，在百听不厌的民歌"溜溜调"中，他用二十四首构成的组诗展现这里的风土人情。这一首，着重描述 18 世纪末当地官署的构成及运作简况。当最高长官身披毛毡，策马扬鞭，前呼后拥来官署上班，衙门的小吏们齐刷刷排队迎接，他们头上扎着双环发髻，穿着红色的裤子，极具民族特色。衙门内设有监督、游府、司马、土司四署，官员在满、汉、藏族中遴选，以满、汉、藏语颁行公文。在祖国广袤的大地上，少数民族地区的政治结构几经变化。为适应以藏族为主体、多民族杂居地方的民事治理需要，清朝政府在打箭炉建立了多民族地方行政机构，体现了民族平等的政策。

十五日夜御前口号踏歌词二首

〔唐〕张说

花萼楼前雨露新，长安城里太平人。
龙衔火树千重焰，鸡踏莲花万岁春。

帝宫三五戏春台，行雨流风莫妒来。
西域灯轮千影合，东华金阙万重开。

Haemh Cibngux Bak Biet Dazgohswz Youq Naj Vuengzdaeq Song Hot

Dangz　Cangh Yez

Ranzlaeuz Vahngwz raemxraiz moq, ndaw singz Cangzanh hoh
　　biengzbingz.
Daeng venj cien caengz lumj lungz mbin, cien cin fanh daih cungj gitleih.

Vuengzdaeq cibngux dingq ciengqheiq, fwn gvaq rumz daengz gaej
　　dahoengz.
Sihyiz soengq daeuj daih daengloengz, doumonz Gungdienh hai
　　fanh mbaek.

【延伸阅读】

唐朝时，每年正月十五，皇帝与群臣在宫门上观灯，与民同乐。诗人张说经历唐朝五帝，阅历丰富，长于文辞，官至尚书左丞相，有跟皇帝元宵观灯的机会。御前口号乃颂诗之一，多为献给皇帝的颂诗。踏歌词是为踏歌而写的歌词，张说所写此踏歌词，实是两首诗，描写京城节日的热闹场面。春雨刚过，唐玄宗在兴庆宫内建的花萼相辉楼被洗去浮尘，焕然一新。长安城内，歌舞升平，一派祥和气氛。那名为"龙衔火树"的花灯重重叠叠，争奇斗艳。那名叫"鸡踏莲花"的花灯巧夺天工，好像在庆贺新年吉祥。在这正月十五的节庆中，皇宫里搭起观灯的看台，人声鼎沸，吹拂过来的风风雨雨可不要妒忌这盛景啊。来自西域的大型走马灯，由数千个彩影组合而成。京都的宫阙金碧辉煌，万门齐开，十分壮观。穿越历史的时空隧道，回望盛世大唐的元宵节，火树银花不夜天，流光溢彩长安城，那祥和景象令人赞叹。此踏歌词细致描绘了大唐都城天子与民众一起欢度元宵观灯的真实图景，街上万灯通明，五彩缤纷，壮丽辉煌，是唐朝繁荣昌盛的缩影。民众喜气洋洋，灯会热闹非凡，是大唐国泰民安的体现。

河西歌效长吉体

〔元〕马祖常

贺兰山下河西地，女郎十八梳高髻。

茜根染衣光如霞，却召瞿昙作夫婿。

紫驼载锦凉州西，换得黄金铸马蹄。

沙羊冰脂蜜脾白，个中饮酒声澌澌。

Go Hozsih Ciuq Cangzgizdij

Yenz　Maj Cujcangz

Laj bya Holanz dieg Hozsih, lwgsau cibbet vi duqbyoem.

Rag nya nyumx buh hoengzsoemsoem, hozsiengh daeuj coemq guh
  goeng'yah.

Hamj gvaq Liengzcouh gai baengzcouz, vuenh'aeu gimngaenz gok
  dinmax.

Nohyiengz vandiemz saek hauyaq, bouqlaeuj caezgya gwn'gyadgyad.

【延伸阅读】

马祖常，历任枢密副使等职，诗作以圆密清丽见长。此诗效仿中唐诗人李贺（字长吉）的诗体，反映元代河西地区的风土人情。诗人看到，在贺兰山下的黄河以西地区，姑娘长到十八岁就梳起高高的发髻。她们穿着用茜草根染成的衣裳，光鲜亮丽，美如红霞，与当地的出家人结为夫妇。那里的商人用骆驼载着丝绸锦缎到凉州西（今甘肃武威以西地区）经商，换来大量的黄金，铸成马蹄形的金币。那里养殖的羊特别肥美，酒楼中的沙羊肉像冰凉脂膏那样鲜亮透明，似蜜蜂酿蜜的蜂房一般白皙。人们在欢悦的气氛中开怀畅饮，发出澌澌的饮酒声。此诗通过描述元朝时期贺兰山一带河西走廊的民风民俗，展示了西北地区民风纯朴、和善仁爱、一派祥和的社会图景。其婚嫁自由，平等相处，敦睦融洽的生活环境，尤其令人向往。透过这幅图景可以追及，在祖国温暖的怀抱里，人不分东西，地不分南北，到处都洋溢着民众和睦、生活安乐的生活氛围。抚今思昔，国家繁盛是人们能过上美满生活的保证。

塞外杂咏三首（其二）

〔清〕高士奇

望中宫阙隔云霞，

叹息今年负物华。

六月驼毛飘满地，

浑疑春尽落杨花。

Saibaek Sei Cab Sam Hot（Hot Daihngeih）

Cingh　Gauh Swgiz

Gingsingz gyae vangh gek fwjheu,

Doeknaiq bi ndeu duenh nauhyied.

Bwnyungz lozdoz mbin loeg nyied,

Ngawznaeuz cin ciet valiux loenq.

【延伸阅读】

高士奇，是康熙皇帝的近臣，官至礼部侍郎兼翰林院学士，加正一品，博学多才，涉猎广泛。康熙三十五年（1696年）随康熙帝西征，写下此诗。据诗意及作者自注，作诗缘由为诗人来到塞外，天遥地远，看不见京城雄伟壮丽的宫阙，深为无法欣赏京城美景而叹息不已。但是，这里的景色也不错，当地人因地制宜，大量养殖骆驼来发展经济，每到五六月间，骆驼开始脱毛，风一吹来，塞上遍地驼毛飘扬，就像内地春末杨花飞落一样。这可不是自然美景，而是清初塞外牧区养驼业繁荣昌盛的结果。骆驼躯体高大健硕，皮毛厚实，它吃粗饲而抗炎寒，耐饥渴而适风沙，无水能生存半月，没食可活一个月，被称为"沙漠之舟"，是戈壁里的骑乘、驮运能手，负重达数百斤。我国养殖骆驼的时间很早，先秦古籍《逸周书》即有周王接受诸侯进贡橐驼（骆驼的别名）的记载。汉代以后，养驼业发展迅速，出现了"骆驼衔尾入塞"的景象。到了清初，政府专门设立了掌马匹、驼只，稽核刍牧之事的"上驷院"，以推进养驼产业的健康发展。康熙帝《出塞诗》"森森万骑历驼城，沙塞风清碛路平"之句，写于高士奇同时，与宝琳的"斜阳驼马走荒程"一起，共构一幅塞外社会秩序安稳，经贸活动频繁，驼峰驮货，驼铃声声，和谐行进于大漠中的壮阔图景。

归化城

〔清〕王循

西北风雪连九徼，古今形势重三边。

穹庐已绝单于域，牧地犹称土默川。

小部梨园同上国，千家闹京入丰年。

圣朝治化无中外，十万貔貅尚控弦。

Singz Gveihva

Cingh　Vangz Sinz

Saebaek rumz nae gyaiq doxlienz, sam bien cousingz hix gaenjyiuq.

Bungzciengq Canzyiz gaenq mued liux, diegrum lij heuh Dujmozconh.

Ciengqheiq gangjsaw gyonj doxdoengz, gai cawx hwnj roengz caemh
baenz haw.

Guekgya gyauqvaq rog lumj ndaw, cib fanh bingmax dawz maenhfwd.

【延伸阅读】

　　明万历九年（1581年），蒙古土默特部首领阿勒坦汗统一蒙古各地和漠南地区后，在阴山之南的平川上建城，因其背靠大青山，城墙又用青砖砌成，名为"青城"，蒙古语音译"呼和浩特"。明廷赐名"归化"，清代沿之。诗人将其视为位于西北风雪之中、占据古今形胜的边疆重镇，故有"九徼""三边"之谓。归化城里，小规模的说书、唱戏、杂耍等文艺团体正在演出，如同清朝京城一样热闹。千家万户，喜气洋洋地欢庆丰年，一派歌舞升平的景象。在这质朴的诗句中，归化城社会安定，经济发展，城区繁荣，其"塞上江南"之称，实非浪得虚名。据历史文献记载，清代归化城各行各业繁荣发展，尤以畜牧业发展、农产品贸易频繁为最。当时，南北各地各族商人纷至沓来，在札达盖河东岸，城北门外的羊岗子人声鼎沸，热闹非凡，"千家闹京入丰年"是其真实写照，各族人民和睦相处。如今，归化城已恢复使用其蒙古语音译名"呼和浩特"，成为内蒙古自治区的首府。城内庄严肃穆的五塔寺、大召寺、席力图召等，是历史文化的积淀。2020年，呼和浩特被评为中国最具幸福感城市，多么令人神往。

宴土尔扈特使臣

〔清〕爱新觉罗·弘历

乌孙别种限罗叉，假道崎岖岁月赊。

天阙不辞钦献赆，雪山何碍许熬茶。

覆帱谁可殊圆盖，中外由来本一家。

彼以诚输此诚惠，无心蜀望更勤遐。

Dakdaih Dujwjhudwz Sijcinz

Cingh　Aisinhgyozloz Hungzliz

Dujwjhudwz daeuj camcoj, ngomx roen sinhoj lij deng iek.

Gungbinj ndei yaez gou cungj ciep, baiq baed byasiet gou mbouj lanz.

Dajlok mbouj faen na rox mbang, yienzbonj caemh ranz ndaw caeuq

    rog.

Caensim caen'eiq ma doxcob, ndaw lai goq rog mbouj dam'aeu.

【延伸阅读】

清朝乾隆年间，在额济勒（今伏尔加河）下游游牧了百余年的土尔扈特人，冲破沙俄的阻挠，历经三年多的艰苦跋涉，毅然东归，回到祖国母亲的怀抱。乾隆帝在承德避暑山庄万树园宴请其使臣吹札布一行，并赋诗赞扬这些乌孙人的后代不辞辛劳，奔赴万里回国的壮举，表示接受使臣从远方恭敬进献的礼品，同意他前往雪域高原西藏熬茶拜佛的请求。乾隆帝说到做到，从陕西银库拨银 300 万两，并调集大量生活物资和生产资料安置回归的土尔扈特人。乾隆三十六年（1771 年），恰值承德普陀宗乘之庙落成，清廷在此举行盛大的竣工典礼和祈愿法会，并在庙前竖起由乾隆撰写，用满、汉、蒙、藏四种文字刻成的《御制土尔扈特全部归顺记》和《优恤土尔扈特部众记》石碑，借以纪念这一盛事。土尔扈特人万里东归，是中华民族向心力和凝聚力的表现。2019 年，习近平总书记在全国民族团结进步表彰大会上的讲话中将"土尔扈特万里东归"称为"历史佳话"。

后 记

21 世纪刚迈进第 22 个年头的门槛，壬寅虎年献岁之际，广西民族语文研究中心要编《中华经典诗词（汉壮对照）》一书，经多人初拟若干篇目后，通过广西教育出版社友人嘱我看看是否合适。因非外人，我未加顾忌，随口道出似可削删增补云云。未承想，这削删增补的担子竟然落到我这单薄的肩上。

悠悠中华，文化昌明，诗词作品，千千万万，数不胜数。要从中选出若干，看似简单，实则不易。经过多轮筛选，这 100 首古诗词初步成型，并分门别类，排布于 5 个标题之下。古时字义，与今有所差异，而诗词歌赋，受制于律，简洁凝练，且多用典，不加解释则难以通透。又未承想，这担子还是落到我这羸弱瘦肩之上。别无他途，唯有硬着头皮，咬紧牙关，默默承担。

还未承想，接下来的日子实不好过。各种烦心的杂务纷至沓来，让我应接不暇。年过大半，焦头烂额，方才脱稿。个中苦楚，难以道尽。

好在这些诗词吸引力强，每每读来，常被带到作者所处的时代，进入作者的精神领地，窥探作者的喜怒哀乐，领略作品的微言大义。然而，身之不肖，真正感悟古人精髓，谈何容易？且古人遗作，博大精深，间有言人人殊、释读不同之句，又无法到坟前请作者出来指教，颇感无奈。拙笔粗解不当之处，在所难免，唯祈读者不吝斧正。

感谢黄凤显教授在百忙中拨冗作序，感谢广西民族语文研究中心黄如猛主任为本书付出的心血并撰写前言，同邑同姓，壮家后裔的血脉中奔腾着爱意与谢忱。感谢广西民族语文研究中心用壮文给读者呈现这些诗词，感谢广西师范大学历史文化与旅游学院研究生李金桂、覃棉在本书杀青前的辛勤劳动，感谢南宁师范大学曹昆教授带领团队为本书精心创作并制作了配乐，感谢韦波老师、李岚老师、黄海辉老师、卢晓媚老师、滕明新老师、李炳群老师、廖柳媛老师为本书提供了精彩的朗诵演绎。阅读本书的朋友，让我们把谢意洒满八桂，让我们以爱心奉献中华！

黄振南

2022 年 9 月 1 日于桂林